대단한 돼지
에스더

따뜻함과 미소로 사람들의 마음을 움직이다

대단한 돼지
에스더

스티브 젠킨스, 데릭 월터, 카프리스 크레인 지음 | 고영이 옮김

차례

1장 미니돼지
돼지 퍼레이드 | 미니돼지를 키울래? | 넌 이제 데릭한테 죽었어

2장 반려돼지
키지지가 아니라 에스더 | 돼지 중성화수술 | 에스더의 크기 | 개와 고양이 그리고 돼지

3장 사육용 돼지와 함께 산다는 것
베이컨 | 에스더가 영리하다면 모든 돼지가 영리한 것 | 우리는 변하기를 원했다 | 화장실 훈련 | 함께 살 수 있을까?

4장 돼지가 사랑한다고 말하는 방법
기름범벅 사건 | 파스타를 훔치기 위한 3단계 작전 | 물그릇 전쟁 | 에스더가 사랑한다고 말한다

5장 에스더 효과
에스더 페이스북 페이지 | 따뜻하고 행복한 에스더 운동 | 에스더 인증, 에스더 효과

6장 크리스마스의 악몽
얼음폭풍 | 못된 돼지와 크리스마스 파티 | 칠면조 튀기기 팀

7장 농장을 사다
우리가 돼지와 산다는 것은 더 이상 비밀이 아니다 | 바로 이 농장이야 |
주어진 시간은 60일 | 펀딩 성공!

8장 사람이 아닌 동물들의 집
먹고 자고 파헤치고 반복 | 팔렸음 | 운전대를 잡고 있는 돼지 | 조지타운
에서의 마지막 밤

9장 돼지가 인간의 삶을 바꾸다
목적지로 제대로 가고 있는 걸까 | 동물보호소의 시작

에필로그 **수많은 에스더를 위해**

초보자도 뚝딱 만드는 채식 레시피 **에스더의 부엌**

역자 후기 **자기만의 에스더를 만나기를**

내 인생이 완전히 바뀐 날.

곯아떨어진 아기돼지.

자, 자, 다들 내 뒤로 줄을 서세요.

"너를 본 순간 나는 사랑에 빠졌고, 그것을 알아차린 너는 웃었지."

- 윌리엄 셰익스피어

파티장으로 출발! 하지만 밤새 이 힐을 신고 있을 거라고는 기대하지 말아요.

내가 양배추를 먹었거든요. 방귀가 언제 나올지 모르니 조심하세요. 난 경고했어요.

"어떤 생명은 덜 중요하다는 생각, 이것이 모든 악의 근원이다."

- 폴 파머Paul Farmer

에스더, 코에 고양이 화장실 모래가 묻었어. 내가 핥아줄게.

할머니 사랑해요.

아이스크림 사온 거 아니까 빨리 내놔요. 부엌 다 엉망으로 만들기 전에.

이거 내 거 맞죠?

컵케이크 하나 주면 안 잡아 먹지.

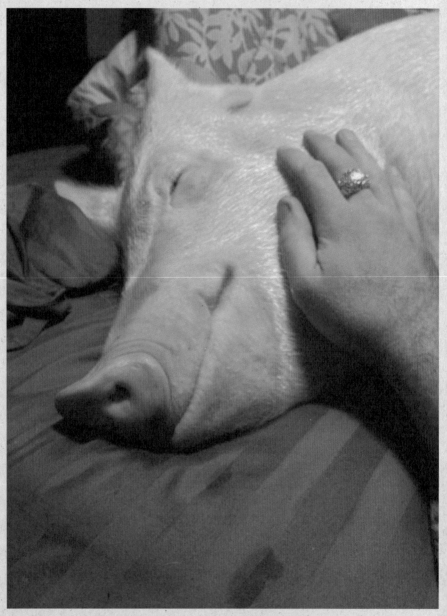

"어떤 것을 바라보는 방식을 바꾼다면, 그 어떤 것이 당신을 바꿀 것이다."

– 웨인 다이어 Wayne Dyer

저녁밥 다 됐어요? 나 여기서 점심 때부터 기다렸는데…

우리 가족.

아빠의 영원한 사랑스러운 딸, 에스더.

이 나뭇가지를 가져가서 크리스마스 리스로 쓸까요? 리빙 잡지에서 봤어요.

부엌에 들어오려면 통행료를 내시오. 통행료는 쿠키 두 개랑 망고 한 개. 와, 싸다!

돼지를 먼저 입양하고 헛간을 짓다니! 이웃들이 난리 치기 전에 빨리빨리 합시다!

난 거품 목욕도 좋아해요.

보드카는 감자로 만든다던데 올리브까지 담겼네. 와, 이거 샐러드잖아. 먹어도 되죠?

하아~, 5분만 더 잘래요.

우리 가족 책 만드는 걸 도와주는 카프리스 아줌마랑 뽀뽀 타임.

"세상을 바꿀 수 있다고 생각할 정도로 정신 나간 사람들이 세상을 바꾼다." - 스티브 잡스

우리가 꿈을 따를 수 있도록 힘과 용기를 주고,

우리를 매일 웃게 하고

친절하고 따뜻한 마음을 가진 사람으로 만들어 준 에스더.

너를 만나서 우리의 삶은 엄청나게 달라졌고,

다른 삶을 상상할 수 없게 되었어.

동물을 구하기 위해 삶을 바치는 사람들과

'에스더 인증'대로 사는 것이 얼마나 쉬운 일인지 세상에 알리는 사람들.

느리지만 우리는 변화할 수 있고, 변화하고 있어.

그다지 운이 좋지 않은 수백만의 또 다른 에스더들.

그들 모두를 사랑하고 그래서 미안할 뿐이다.

그들 모두에게 이름을 찾아주는 일을 우리는 결코 멈추지 않을 것이다.

1장
미니돼지

곯아떨어진 아기돼지.

돼지
퍼레이드

새벽 3시. 잠결에 매트리스를 통해 진동이 느껴진다. 이어서 마루를 내달리는 발굽 소리가 들린다. 타닥타닥 타다다닥. 우리는 무엇을 해야 하는지 안다. 반려견 루벤과 셸비는 물론이고 심지어 제멋대로인 반려묘 델로리스와 피니건까지도 무엇을 해야 하는지 아주 잘 알고 있다. 우리는 마치 파블로프의 개처럼 반사적으로 움직인다. 베개가 날아다니고, 그 너머로 사람과 개와 고양이가 일사천리로 침대에서 튀어나온다. 순식간에 진동은 점점 더 가까워지고 강해진다. 집이 흔들릴 정도의 진동. 가끔 가구가 넘어지기도 한다. 점점 커지는 발굽 소리는 종종 천둥소리 같다. 가까이 다가오는 묵직한 진동에 뼛속까지 울리는 느낌.

매일 새벽 3시면 벌어지는 이 일련의 소동을 우리는 '돼지 퍼레이드'라고 부른다. 몸무게 300킬로그램의 돼지가 복도를 질주해 방으로 돌진하는 이 퍼레이드 덕분에 우리의 삶은 흥미진진하기 이를 데 없다.

사랑스러운 돼지 공주님은 아마도 어떤 소리에 겁을 먹고는 우리 방으로 달려오는 것일 게다. 우리의 삶에 들어온 것과 똑같은 방식으로 우리의 침대로 돌진해 들어오는 돼지 공주님. 녀석에게 침대를 내어 주기 위해 잠을 자다 말고 격렬하고 신속하게 움직여야 하지만, 어찌 보면 완전히 새롭고 경이롭고 흥분되는 일이다. 살면서 이렇게 흥분을 느낄 수 있는 일은 이전에도 없었고, 이후에도 없을 테니까.

돼지와 함께 사는 삶은 내 운명이었는지 모른다. 나는 동물을 무척 사랑한다. 이런 상황이 없어야겠지만 만약 개와 사람이 동시에 덫에 걸렸다면, 아마도 나는 개를 먼저 도울 것이다. 동물은 인간의 도움이 필요한 존재이고, 무슨 일이 있어도 인간은 동물을 보호해야 한다고 생각하기 때문이다. 내 생애 첫 친구는 반려견 브랜디였다. 축 처진 귀에 곧고 긴 꼬리가 달린 셰퍼드 잡종인 브랜디는 갈색과 검은색 털이 고루 섞여 있었다. 브랜디의 털색은 내 금발 머리와 멋지게 어울렸다. 비록 나는 축 처진 귀와 꼬리가 없었지만 우리는 정말 잘 어울리는 한 쌍이었다. 내가 만화 '개구쟁이 데니스(금발의 꼬마 데니스가 주인공인 만화로, 영화, 애니메이션으로도 제작되었다)'의 데니스와 외모도 성격도 개랑 함께 살았다는 점도 닮았지만 결정적으로 다른 게 있다. 데니스와 그의 개와 달리 나와 브랜디는 한시도 떨어지지 않았다는 점이다. 브랜디는 내가 어디를 가든 그림자처럼 따라다녔다. 심지어 집 안에서 방과 방 사이를 옮겨 다닐 때조차 말이다.

우리는 꽤 큰 도시인 미시소거에서 살았는데, 당시 그곳은 단조롭기는 했지만 지금과 달리 무척 안전했다. 브랜디와 나는 자전거를 타거나 걸으면서 어두워질 때까지 도시 곳곳을 싸돌아다녔다.

브랜디와 살기 전에 나는 항상 남의 집을 기웃거렸다. 기웃거리다가 마당에 개가 있으면 무작정 들어가서 함께 놀았다. 겨우 여섯 살짜리 꼬마가 남의 집 마당의 개랑 놀려고 허락도 없이 들어간 것이다. 그 시절 부모님이 정한 규칙 중 하나는 어두워지기 전에 집에 돌아오는 것이었고 나는 대체로 그 규칙을 지켰다. 그날도 나는 이웃집 마당에서 개를 발견하고는 주인 허락도 없이 마당에서 개랑 놀고 있었다. 그렇게 한참을 놀고 있는데, 집주인이 나왔다.

"얘야, 이제 집에 가야 할 시간인 것 같다."

"네."

나는 마당에서 나와 집으로 가는 척하며 집주인의 시야에서 벗어났다. 집주인은 집 안으로 들어갔고, 나는 다시 개가 있는 마당으로 돌아갔다. 개와 노는 일이 너무 중요했기 때문에 '걱정하고 있을 부모님'이나 '무단침입' 같은 일은 안중에도 없었다. 그런데 너무 신나게 놀다가 그만 집주인에게 들킬 위기에 처했다. 내가 막대기를 던지면 개가 물어오는 놀이를 하고 있었는데 막대기가 그만 그 집 유리창으로 날아간 것이다. 나는 막대기를 던지지 않은 척해야 했다. 그렇다고 개가 던졌다고 할 수도 없고 난감한 상황이었다.

마침내 커튼이 열리고 집주인 부부가 밖을 내다보자 나는 꼼짝도 하지 않고 서 있었다. 내가 카멜레온으로 변하기를 간절히 바라면서…. 부디 카멜레온이 되어서 잔디 색깔로 바뀌기를! 아니면 닌자가 되거나 투명인간이 되는 방법도 있었다. 결국 집주인이 다시 밖으로 나왔고, 내게 개랑 집 안으로 들어와서 놀라고 했다. 생각지 못한 반응에 놀라면서도 아마 또 막대기를 던지다가 유리창을 깰까 봐 걱정되어서 그런가 보다 했다.

개를 좋아하는 동네 꼬마에게 자기 집 개와 놀 수 있게 해 준 이웃. 여기까지는 따뜻하고 감동적인 미담이다. 그런데 경찰이 이 집 현관문을 두드리는 순간 수사물로 바뀌고 말았다.

어두워졌는데도 내가 돌아오지 않자 부모님은 경찰에 신고를 했고, 경찰은 동네를 조사하고 다니다가 나를 찾아낸 것이다. 솔직히 나는 개랑 노는 데 정신이 팔려서 부모님이 얼마나 걱정하는지 생각도 하지 못했다. 그날 밤 집에 돌아와서 부모님이 얼마나 걱정했고 두려웠는지 끝없이 이야기하셔서 조금 알게 되었다.

그런데 그 사건 이후 나는 벌이 아니라 보상을 받았다. 부모님이 며칠 후 브랜디를 입양해서 데려오신 것이다. 그 이후 내가 더 이상 이 웃집을 기웃거리는 일은 없었다.

부모님이 집을 비울 때마다 할머니가 와서 나와 브랜디를 돌봤다. 할머니는 제2차 세계대전 동안 스코틀랜드에서 자란 분으로 얼마나 냉정하고 융통성 없는지 할머니가 "안 돼!"라고 하면 그건 절대 안 되는 것이다. 그러다 보니 부모님은 할머니가 나를 맡아 주시면 늘 안심했다. 나도 할머니는 말을 잘 듣기만 하면 된다는 걸 알았기에 우리는 항상 사이가 좋았다.

그날도 부모님이 외출하셔서 할머니가 집에 오셨다. 할머니는 브랜디를 데리고 친구 집에 놀러가는 걸 반대했다. 바로 옆집이었는데도 말이다. 나와 함께 가지 못한 브랜디가 화를 냈지만 엄격한 할머니의 말을 거스를 수 없었다. 나는 어쩔 수 없이 브랜디를 집에 두고 갔다.

그것이 내가 살아 있는 브랜디를 본 마지막이었다.

브랜디는 내가 옆집에서 친구들과 웃고 떠들며 노는 소리를 들었고, 점점 날뛰었다. 나와 함께 놀고 싶었으니까. 마침내 브랜디는 나를 찾아 울타리를 뛰어넘었다. 그런데 하필 목걸이가 울타리에 걸려 목이 조여 목숨을 잃었다.

나는 브랜디의 모습을 보지 못했다. 모든 일이 끝난 후 부모님의 말을 통해서 알게 되었다. 브랜드의 끔찍한 모습을 보는 것은 피할 수 있었지만 나는 감당할 수 없는 충격에 빠졌다. 브랜디를 사랑했기에 너무 슬프고 힘들었다. 사랑하는 가족을 잃었으니까.

나는 브랜디가 죽는 순간의 참혹한 상황을 자꾸 떠올렸다. 지우려고 했지만 머릿속에서 사라지지 않았다. 그저 나와 놀고 싶다는 이유 때문에 그렇게 된 것이어서, 그 사실이 나를 몹시 괴롭혔다.

나이가 들고 어린 시절 기억은 대부분 흐릿해졌는데 아직도 그 기억만큼은 바로 어제 일어난 일처럼 선명하다. 그때 나는 마음이 진정으로 아프다는 것이 어떤 것인지, 헤어질 것이라고 한 번도 생각하지 못했던 소중한 존재를 잃는 것이 어떤 것인지 알았다. 반려동물의 수명은 우리가 받아들이기 힘들 정도로 짧다. 부당하다고 느껴질 정도로. 그들은 마치 평생 우리 곁에 있을 것 같은데 언젠가 이별의 그날은 오고, 작별 인사를 해야 한다. 누구나 그 사실을 알지만 당장은 결코 생각하고 싶어 하지 않는다. 내가 그랬듯이. 많은 시간이 흘렀지만 나는 지금도 브랜디를 생각하면 눈물이 난다.

브랜디의 죽음은 여전히 생생하고 고통스럽고 슬프다. 내게 오다가 사고를 당했다는 죄책감이 브랜디를 잃었다는 슬픔과 고통을 증폭시켰다. 몇 달 동안 나는 밤마다 브랜디의 이름을 부르며 잠에서 깼다. 브랜디가 옆에 없다는 게 꿈인 것 같았다. 하지만 그게 꿈이 아니라는 것을 깨닫는 순간 주체할 수 없는 울음이 쏟아져 나왔다. 브랜디는 이제 정말로 내 곁을 떠난 것이다. 그때였던 것 같다. 나를 필요로 하는 어떤 동물의 곁도 절대로 떠나지 않겠다고 결심한 것이.

미니돼지를
키울래?

　　　　　　　　내 단점이기도 한데, 나는 동물에게 엄청 끌린다. 에스더를 키우기 전에 우리는 조지타운의 28평짜리 집에서 남자 둘, 룸메이트인 여자 하나, 개 둘, 고양이 둘이 복닥거리며 살았다. 방 세 개에 부엌 겸 거실이 있었다. 데릭과 내가 방 하나를, 룸메이트가 다른 방을, 나머지 방은 다용도실 겸 누구나 쓸 수 있는 사무실로 사용했다. 나는 부동산 사무실로, 데릭은 마술쇼 예약 전화를 받는 곳으로 이용했다.

　거실은 세 사람이 동시에 앉아서 TV를 볼 수 없을 정도로 작았다. 다 같이 앉을 수 없으니 '먼저 앉는 사람이 임자'라는 규칙이 있었고, 이 규칙은 동물에게도 마찬가지로 적용되었다. 편안한 자리에 앉고 싶은 건 개도 마찬가지여서 루벤과 셸비가 먼저 의자를 차지하면 사람들은 마루에 앉았다.

　욕실도 하나를 다함께 사용했다. 욕실이 하나인 집에서 살아본 사람이라면 욕실을 차지하기 위한 경쟁이 얼마나 치열한지 잘 알 것이다. 아침에 침대에 누워서 뒤척이다가 누군가의 발소리가 들리면 자리를 박차고 튀어나와야 한다. 그렇지 않으면 족히 20분은 기다려야 하니까. 욕실 쟁탈전은 비좁은 집에 짜증을 유발한다. 욕실을 사용하려는 시간이 겹칠 때가 그런 경우이다. 데릭이 마술쇼를 하러 나가야 하는데 갑자기 내가 급한 약속이 잡혔을 때, 또는 누군가 급하게 허둥대고 있는데 소변이 급한 사람이 있을 때.

굳이 욕실이 아니더라도 작은 집에서는 상대방과 자주 부딪친다. 그래서 우리는 최대한 상대를 배려한다. 데릭이 사무실에서 일을 하면 나는 노트북을 들고 거실에서 일을 하는 식이다. 내가 중학생 때 데이트를 하고는 15년 동안 한 번도 만난 적 없는 중학교 동창 아만다에게서 온 페이스북 메시지를 보고 있을 때도 나는 거실, 데릭은 사무실에 있었다.

안녕, 스티브. 내 기억에 너는 동물을 엄청 사랑하는 사람이었던 것 같아. 지금 나한테 미니돼지 한 마리가 있는데, 우리 집 개랑 사이가 좋지 않은 데다가 나한테 아기가 생겨서 도저히 돼지를 키울 수 없게 되었어.

나는 메시지를 읽자마자 바로 흥미를 느꼈다. 난 신난 표정을 들킬 것 같아서 주변을 둘러보기까지 했다. 미니돼지라고? 어휴, 얼마나 사랑스러울까. 솔직히 미니돼지를 키우기 싫은 사람이 어디 있어. 다 키우고 싶지만 사정이 안 되는 거지.

시간이 지나서 되돌아보니, 모든 상황이 참 기묘했다. 10년 넘게 소식조차 들은 적이 없는 동창에게서 연락이 왔고, 나는 사람을 심하게 잘 믿는 편이었으며, 무슨 일이 생기든 자연스럽게 받아들이는 사람이었다. 그래서 그때도 나는 '왜 나한테 오랜만에 연락을 한 거지. 이거 정말 이상한 일이군.'이라고 추호도 생각하지 않았다. 그저 '어머, 아만다한테서 오랜만에 연락이 왔네.' 정도였다. 나는 오직 아만다가 내게 미니돼지를 주겠다는 데에만 꽂혀 있었다.

미니돼지의 사진은 첨부되어 있지 않았다. 사실 사진은 필요하지 않았다. '좀 알아보고 다시 연락할게.'라고 무심한 듯 답장을 보냈지만 나는 이미 돼지를 간절히 원하고 있었다. 나는 어떻게 하면 돼지를 우리 집으로 데려올 수 있을지 머리를 굴리기 시작했다.

무엇보다 데릭을 설득하는 일이 가장 난제였고, 다른 룸메이트도 있고, 심지어 반려동물이 네 마리나 있었다. 게다가 아홉 달 전에도, 고양이를 알리지 않고 입양해서 데릭이 크게 화를 낸 적이 있었다.

나는 계획을 세워 이 일이 내가 저지른 일이 아닌 것처럼 해야 했다. 데릭과 아무 상의 없이 나 혼자 저지른 것이 100퍼센트 확실하지만 무조건 내가 한 일이 아닌 것처럼 보여야 했다. 그러니까 돼지는 내 의도와 상관없이, 원치 않게 생겨 버린 것이어야 했다.

나는 원하지 않는데 돼지가 그냥 생긴 것. 그래 바로 이거였다. 몇 시간 뒤, 아만다에게서 다시 메시지가 왔다.

미니돼지한테 관심을 보이는 사람이 생겼어. 네가 데려가면 좋겠지만, 다른 사람에게 보내야겠다.

아만다의 두 번째 메시지가 나를 자극하려는 교묘한 작전이라는 것을 웬만한 사람이라면 알았을 것이다. 물론 나도 평소에는 그랬다. 오랫동안 부동산 사업을 하고 있으니 그런 의도 정도는 알아차릴 수 있었다. 그런데 절실하게 갖고 싶은 것이 생기면 내 아이큐는 끝도 없이 추락한다. 바닥까지.

그 돼지를 보내고 싶지 않았다.

이유는 잘 모르겠다. 그 작은 돼지를 본 적도 없으면서, 잃는다고 생각하니 덜컥 겁이 났다. 결정하려면 시간이 더 필요했다. 돼지를 어떻게 길러야 하는지 더 알아보고, 무엇보다도 데릭에게 미리 말을 해야 했다. 그런데 바로 결정을 내려야 하는 상황에 놓여 버렸다. 다른 사람에게 미니돼지를 주겠다는 위협적인 메시지. 심사숙고할 시간이 없었다. 결단을 내려야 했고, 나는 결국 아만다에게 내가 돼지를 키우겠다고 메시지를 발송하고 말았다.

돼지에게 관심을 보인다는 사람에게 아만다가 연락하지 못하게 하려는 것이 내 의도였다. 관심을 보이는 사람이 몇 명인지도 몰랐지만 나처럼 다른 사람 말을 잘 믿는 사람은 그런 것까지 고려하지 않는다. 이러니 사람들이 나를 속이기 쉬운 사람으로 여기지.

다음 날 나는 여행 계획이 있었기에 떠나기 전에 아침 일찍 아만다를 만나기로 했다. 그러고는 밤새 공부했다. 미니돼지에 대해서 아는 것이 하나도 없으니 미니돼지가 무엇을 먹는지, 얼마나 크게 자라는지에 대한 정보를 뒤지기 시작했다. 그러다가 '세상에 미니돼지는 없다'라는 글을 읽었다. 하지만 나는 이미 아만다에 대한 믿음과 반려돼지를 갖고 싶다는 이상한 집착으로 이성적인 판단을 할 수 없는 상태였다. 오래전부터 알던 아만다가 추천한 미니돼지이니 믿지 않을 이유가 없다고 생각했다. 아만다가 왜 내게 거짓말을 하겠는가.

미니돼지는 없다는 터무니없는 주장을 제외하면 내가 찾은 자료는 온통 엄청나게 귀여운 것뿐이었다. 미니돼지는 최대 30킬로그램 정도까지 자라는 모양이었다. 그 정도면 반려견 셸비와 비슷한 크기이다. 그래서 셸비2라고 생각하기로 했다. 셸비보다 조금 덜 똑똑한 반려돼지라고!

다음 날 나는 킨카딘에서 열리는 스코틀랜드 축제를 보러 가기로 예정되어 있었다. 그곳에서 친구도 만나고 놀다가 하룻밤 자고 올 예정이었다. 그런데 예상치 못한 아기돼지의 등장으로 계획이 조금 바뀌었다. 나는 여행을 마친 후 돼지를 안고 귀가하기로 했다. 그리고 데릭에게 축제에 다녀오던 길에서 돼지 한 마리를 우연히 발견했다고 말할 참이었다. 절대로 돼지와의 만남은 내가 원한 일이 아니라 '우연히' 일어났다고! 이게 내가 짠 완벽한 각본이다.

하지만 다음 날 아침 아만다가 데리고 온 아기돼지를 품에 안는 순간, 내 계획은 안드로메다로 날아가 버렸다.

아만다가 자동차를 세웠을 때 돼지는 보이지 않았고, 담요를 덮은 빨래 바구니가 보조석에 놓여 있었다. 아만다가 문을 열고, 담요를 들추자 작은 돼지가 나를 쳐다보았다. 천진난만한 얼굴. 사랑스러웠다. 그런데 뭐지? 발굽에 분홍색 매니큐어를 바른 건가? 싸구려 매니큐어 같은데… 목에는 다 낡은 고양이용 목걸이를 하고 있었다.

'어린 아기가 뭐가 이렇게 지저분한 거야?'

지저분하고 불쌍해 보여서 잠시 이런 생각을 했지만 돼지는 무척 사랑스러웠다. 당장 돼지를 안고 싶었지만 사람들이 볼 수 있고, 돼지가 겁을 먹을 수 있어서 꾹 참았다. 담요로 빨래 바구니를 다시 덮은 다음 사무실로 들어온 후에야 꼭 안아볼 수 있었다.

돼지는 작았다. 머리부터 꼬리까지 20센티미터 정도로 한 손으로 잡을 수 있는 크기였다. 귀는 햇볕에 탄 것처럼 새까매서 보는 순간 선탠 중독자가 생각나 흠칫했지만, 내 품에 안긴 돼지는 비에 젖은 슬픈 강아지처럼 작고 사랑스러웠다. 돼지를 보기 전에는 반려돼지를 키우는 것이 멋진 일이라고 생각했다. 하지만 뼈가 드러난 돼지의 작은 엉덩이를 보자 그저 불쌍한 생각만 들었다. 귀도 치료를 해야 했다.

아만다는 일주일 전에 온라인 분양 사이트를 통해 돼지를 분양받았다고 말했다. 돼지는 생후 6개월이었고, 중성화수술(생식 기능을 제거하는 수술. 개체수를 조절하고, 질병을 예방한다)을 마친 상태라고 했다. 하지만 아만다가 돼지를 다루는 모습을 지켜보면서 그녀가 돼지에게 아무런 애정도 없다는 걸 느꼈다. 만약 내가 새끼 돼지를 받아 주지 않고 그냥 보낸다면 아만다가 돼지를 어떻게 해 버릴 것 같아 두려웠다.

넌 이제 데릭한테
죽었어

나는 그 자리에서 돼지 입양을 결정했고, 이것이 모든 것을 바꾸었다. 내 인생이 모두 바뀌었다는 것이 아니라 데릭에게 돼지를 소개시키기 위한 계획이 모두 바뀌었다는 얘기다. 세웠던 계획은 의미가 없어졌다. 나는 아기돼지를 만난 지 12분 만에 본능적으로 사랑하게 되었고, 데릭을 속이기 위해서 축제에 돼지를 데리고 갔다가 오는 계획이 말도 안 되게 느껴졌다. 이 여린 생명을 이리저리 끌고 다니다니!

나는 여행을 취소하고, 데릭에게 둘러댈 새로운 변명을 준비해야 했다. 나는 왜 축제에 가지 않았나? 나는 왜 돼지를 집으로 데리고 왔나? 첫 번째 계획대로라면 축제에 다녀오는 길에 불쌍한 돼지를 구조한 나는 영웅이고 훌륭한 남자였다.

"내가 이 아기돼지를 구했어. 나도 데려오고 싶지 않았지만 어쩔 수 없었어. 인연인가 봐."

하지만 모든 게 허사가 되었다. 불과 몇 시간 후에 나는 데릭을 만나 아기돼지를 입양하자고 설득해야 했다. 압박감을 느끼기 시작했다.

나는 킨카딘에서 나를 기다리고 있을 친구들에게 전화를 걸어 사정을 설명했다. 친구들은 내가 오지 않는 것은 안중에도 없이 이 상황에 환호했다. 데릭이 기겁할 상황인 것을 알기 때문이다. 그러면서 내게 두 가지를 당부했다. 돼지 사진과 데릭의 반응을 사진으로 찍어서 보낼 것!

전화를 끊고 바로 친구 에린과 윌리에게 전화를 했다. 돼지를 상의 없이 데리고 왔으니 데릭에게 용서를 구해야 했다. 그를 위한 만찬을 위해 장을 보는 동안 아기돼지를 돌봐줄 사람이 필요했다. 나는 "돼지 좀 봐줘."라고 말하지는 않았다. 그저 우리 집 아이 좀 잠시 돌봐 달라고만 했다. 내가 에린과 윌리의 집에 도착해서 돼지를 내려놓자 둘은 종종걸음으로 걷는 돼지를 보고는 소리쳤다.

"미쳤어, 미쳤어. 너 이제 데릭한테 죽었어."

둘은 나만큼이나 데릭에 대해서 잘 아는 친구들이다.

장보기를 마친 나는 돼지를 찾아서 집으로 향했다. 운전하는 내 옆자리에 앉은 돼지는 불안하고 혼란스러워 보였다. 나는 가는 내내 돼지에게 말을 걸고, 쓰다듬어 주었다. 집에 도착해서는 개들을 아기돼지 근처에 오지 못하게 했다. 고양이들은 고양이 특유의 '궁금하기는 하지만 관심은 없는' 듯한 태도를 보였다. 나는 아기돼지를 단단히 안고 개들이 가까이 다가오지 못하게 했다. 셸비와 루벤은 사람이든 동물이든 어린 생명체를 보면 좋아서 굉장히 흥분한다. 둘은 아기만 보면 다가가려고 달려드는 성격이다. 그래서 두 녀석에게는 아기돼지 냄새를 맡고, 부드럽게 핥는 것까지만 허락했다. 그리고 돼지를 방에 숨겼다. 기존의 아이들이 새로운 가족의 입성에 당황할 테니 일단 인사만 시키고 떨어뜨려 놓는 것이 좋을 듯했다.

그리고 아기돼지에게 먹을 것을 건넸다. 정신이 없어서 돼지용 먹을 것을 딱히 준비하지 못한 상태라 일단 상추, 개 사료, 토끼 사료, 토마토 등을 내밀었다. 아기돼지는 그중에서 상추와 토끼 사료를 골라 먹었다.

돼지가 밥을 다 먹자 나는 청소를 하고 저녁을 준비하기 시작했다. 데릭이 깨끗하고 사랑스러운 분위기에서 음식을 맛있게 먹기를 바랐다. 데릭이 제일 좋아하는 요리를 준비했다. 치즈와 베이컨을 넣은 신선한 버거와 마늘 튀김. 이제 모든 준비가 끝났다.

2장
반려돼지

에스더, 코에 고양이 화장실 모래가 묻었어. 내가 핥아줄게.

키지지가 아니라
에스더

저녁 8시 30분쯤 되었을까. 나는 잔뜩 긴장한 채 서성이고 있었다. 데릭은 하루 종일 마술쇼를 하느라 녹초가 되어 귀가할 텐데 거기다 대고 이 어마어마한 이야기를 꺼내도 될까? 결과는 뻔했다. 타이밍은 영 좋지 않지만 대안이 없었다. 대신 데릭이 좋아할 뭐라도 준비해 볼까? 그런데 그게 내가 또 사고를 쳤다는 '예고편'이 될 수 있을 것이다. 사실 오늘 축제에 가 있어야 할 내 차가 문 앞에 주차되어 있는 것만 보고도 데릭은 무슨 일이 생겼다는 것을 단박에 알아차릴 것이다.

마지막으로 집이 티끌 하나 없이 깨끗한지, 모든 것이 완벽하게 준비되었는지를 확인한 뒤 나는 데릭과 맞닥뜨렸을 때 생길 수 있는 가능한 모든 시나리오를 머릿속으로 계속 떠올렸다. 데릭이 보일 각기 다른 반응에 따라 대응 방안을 고민해야 하니 마치 체스 게임 같았다.

상대 말의 움직임을 예측하고, 내 말을 어떻게 움직여야 할지 계산하는 전략 게임. 머리가 깨질 것 같았다. 데릭은 내 적수도, 함부로 대할 수 있는 체스판 위의 졸도 아니다. 동반자인 데릭과 내가 함께 행복해지는 것이 진정으로 이 게임에서 이기는 것이다.

데릭이 문을 열고 들어설 때 나는 이미 데릭의 머릿속에 경고 신호가 울리고 있음을 알 수 있었다. 매일 귀가하던 어질러진 집이 아니었다. 평소에 너저분한 집이 깨끗하게 청소되어 있다니. 청소와 요리는 데릭 몫이고, 특히 청소는 내 몫이 아니다. 내가 병뚜껑, 모자, 메모지 등을 줄줄 흘리고 다녀서 데릭은 내가 남긴 흔적만 보고도 내가 뭘 했는지 충분히 알아차린다.

'스티브가 저쪽에서 모자를 벗은 다음 저기에 열쇠를 두고, 저기에 앉아서 무언가를 마시며 TV를 봤군.'

그런데 집을 사러 온 사람에게 잘 보이기 위해 깨끗하게 꾸민 매물처럼 집이 말끔해 보였으니 이거야말로 정말로 이상한 일이었을 것이다. 게다가 내가 요리까지 했으니. 나는 저녁에 요리를 하지 않는다. 요리는 데릭의 몫이다. 매우 드물게 내가 요리를 하는 경우는 꼭 만들어 보고 싶은 엄청난 요리를 발견했을 때뿐이다. 그리고 결과는 언제나 99.9퍼센트 처참한 실패였다. 그런데 지금 나는 유일하게 만들 수 있는 음식 옆에 천진하게 서 있다.

내가 요리를 했다는 것은 큰 잘못을 했다는 뜻이다. 데릭은 한 손에는 마술 장비가 든 가방을, 다른 한 손에는 토끼 이동장을 들고 있었는데 15초도 지나지 않아서 얼굴색이 변했다. 뭔가 곤란한 일이 생겼다는 것을 알아차린 것이다.

"무슨 일인데?"

데릭의 말에 머리가 뎅뎅 울리고 심장이 떨려 튀어나올 것만 같았다. 사전에 연습했던 대답은 아무 쓸모도 없었다. 준비한 모든 것이 순식간에 머릿속에서 증발해 버렸다. 사실 나는 차분하게 데릭에게 와인 한 잔을 건네며 우리 인생에 절대, 충격적인 변화는 없을 거라고 말하고 싶었다.

악명 높은 권투선수 마이크 타이슨이 이런 말을 했다.

"누구나 계획을 세운다. 제대로 한 방을 맞기 전까지는!"

나는 타이슨이 말한 것과 아주 비슷한 것을 느끼고 있었다. 계획은 의미가 없었다. 데릭은 눈을 가늘게 뜨고, 이마에 주름을 잡으며, 언짢은 표정을 짓고 있었다. 내가 예상한 시나리오에 없는 상황이었다. 뭔가 아는 사람 같았다. 데릭에게 아무 말도 하지 말라고 에린과 윌리에게 신신당부했건만 이미 데릭에게 말한 걸까?

"마음이 바뀌어서 축제에 가지 않았어, 그냥, 멀리 가고 싶지 않더라고. 갈 기분이 아니었어."

내 대답을 들은 데릭의 얼굴에 히죽거리는 웃음이 살짝 스쳤다. 요리에 젬병인 내가 방송국으로부터 요리 프로그램 출연 제안을 받았다고 삥칠 때나 지을 법한 그런 표정이었다. 데릭은 내가 축제와 파티가 있는 이번 주말을 손꼽아 기다렸다는 것을 잘 알고 있었으니까.

데릭은 내가 거짓말을 한다는 것을 이미 알아차렸다. 게다가 개들도 도와주지 않았다. 내가 준비한 다음 대사를 하려고 하는데 데릭의 눈이 복도 끝으로 향했다. 셸비와 루벤이 복도 끝 유리문 밖에서 안을 들여다보고 있었다. 그 유리문은 평소에 늘 열려 있어서 개들이 못 들어오는 일이 절대 없었다.

데릭은 어떤 상황인지는 정확히 모르지만 내가 환심을 사려고 애쓰는 상황임을 알아차렸다. 내 머릿속은 새하얘졌다. 와인을 마시며 미니돼지에 대해서 실토할 계획이었지만 데릭은 와인 따위에는 관심도 없을뿐더러 어떤 상황인지 물어볼 마음도 없어 보였다.

나는 무서워서 그저 가만히 서 있었고, 데릭은 복도를 걸어 내려갔다. 나는 데릭의 뒤를 따라가며 말렸지만 이미 끝난 일이었다. 한 손으로 손잡이를 잡은 데릭은 그대로 멈췄고, 온갖 감정이 순식간에 데릭의 얼굴에 드러났다가 사라졌다. 데릭은 내 얼굴은 보지도 않고 상황을 파악하느라 주변을 빠르게 살폈다.

그리고 마침내 돼지에게 시선이 고정되었다. 데릭의 몸이 긴장으로 굳어졌다. 엄청난 충격과 공포와 분노가 느껴졌다. 얼마나 화가 났는지 감을 잡을 수조차 없었다. "돼지랑은 같이 살 수 없으니 당장 치워!" 소리칠 수도 있다고 생각했다. 데릭은 유전적으로 좀 극적인 성격이어서 폭발해서 밖으로 뛰쳐나갈지, 아주 멋지다며 기뻐할지, 나로서는 도무지 알 수 없었다. 물론 후자는 지나치게 낙천적이고, 현실적으로 불가능한 시나리오이지만.

드디어 데릭이 입을 열었다.

"이런, 우리 집에 돼지가 있네. 꿈에도 생각해 본 적이 없는데….."

그렇다. 마침내 데릭이 아기돼지가 작은 발로 종종걸음을 걷고 있는 것을 보고 말았다.

아기돼지는 바뀐 환경에 충격을 받았는지 내가 가까이 갈 때마다 작은 발굽으로 도망치다가 매번 미끄러져 다다다 거리며 제자리걸음을 반복했다. 다다다다 전력질주를 하는 모습도 귀엽고, 그러다가 의자나 이동장, 수납장 속으로 쏙 들어간 다음 마치 인사를 하려는 듯 작은 코를 쑥 내미는 것도 얼마나 귀여운지 모른다. 그 사랑스러운 모습을 데릭이 목격해 주기만을 바랐다.

데릭이 무슨 일이 일어났는지 파악하기까지 걸린 시간은 0.5초도 안 되었다. 반려동물이 하나 더 생겼고, 개나 고양이가 아니라 돼지라는 것.

데릭은 몹시 화가 나서 해명을 하려고 막 입을 벌리려는 나를 쏘아봤다.

"절대 안 돼. 무슨 일이 있어도 안 돼. 더 이상의 반려동물은 없어. 게다가 돼지라고? 말도 안 돼!"

데릭은 소리를 꽥 지른 다음, 내가 농담을 한 거라고 생각하고 싶은 지 잠시 피식 웃었다가 바로 현실을 직시했다.

"스티브, 고양이가 마지막 반려동물이라고 했지. 그런데 또 데려오다니! 델로리스를 입양한 지 겨우 9개월 지났어! 너 그사이 돼지를 잉태라도 한 거야?"

농담처럼 들릴 수 있지만, 데릭은 농담으로 한 말이 아니다. 엄청나게 화가 난 데릭은 마술쇼 의상을 갈아입으려고 문을 쾅 닫고 침실로 들어갔다. 침대 위에 옷을 벗어 던지고, 옷걸이에 있는 셔츠를 거칠게 잡아당겨서 입고, 서랍장을 세게 닫았다. 그러고는 우리 둘 다 아기돼지를 다룰 줄도 모르면서 돼지를 데려온 것이 얼마나 무책임하고 무례한 일인지 알고 있냐며 또 고함을 질렀다. 그 순간 나는 데릭에게 해 줄 수 있는 유일하게 긍정적인 말을 전했다.

"이 돼지는 미니돼지야! 절대 크게 자라지 않아!"

내 말은 적어도 이때까지는 거짓말이 아니었다.

데릭은 다음 날에도 기분이 나아지지 않았다. 데릭은 아기돼지를 쳐다보려고도 하지 않았다. 이틀째 되는 날, 나는 억지로 아기돼지를 데릭의 품에 안겼다. 그러자 데릭이 나를 협박했다.

"나야, 돼지야?"

물론 진심이 아니라는 걸 안다. 데릭은 절대 나와 헤어지지 않을 거니까. 그 협박은 일종의 충격요법이지만 별 효과는 없었고, 그렇게 긴장의 연속이었다.

내가 잘못한 것이기 때문에 데릭을 자극하지 않으려고 무척 조심했다. 어떤 상황에서건 무조건 괜찮을 거라고 데릭을 안심시켰다. 입에 달고 사는 내 인생 주문인 '괜찮아!', '잘 될 거야!'를 굳게 믿었다. 데릭이 아기돼지를 받아들일 것이고, 잘 풀릴 것이라고 주문처럼 되뇌었다.

하지만 이번엔 달랐다. 데릭의 화는 금방 누그러지지 않았다. 단지 '나 너한테 화났어.' 상황이 아니었다. 돼지 입양을 생각도 해본 적이 없던 데릭으로서는 그럴 만했다. 조금 화를 내겠지만 곧 돼지를 사랑하게 될 거라는 내 시나리오대로 진행되지 않았다. 사실 나는 데릭이 이렇게까지 화를 낼 것이라고 예상하지 못했다. 데릭은 내가 본 이래 가장 크게 화를 냈다. 아기돼지를 쫓아버리라고 하면 어떻게 하지 전전긍긍하는 내게 데릭은 끊임없이 이렇게 말했다.

"돼지가 문제가 아니야. 네가 나 몰래 이런 일을 저질렀다는 게 문제라고."

그러니 이번 일은 '화가 난' 게 아니라 내게 '실망한' 것이었다. 나도 내가 잘못했고, 무모한 일을 저질렀다는 것은 알았지만 대화로 이 상황을 바로잡고 싶었다. 제멋대로인 나 때문에 데릭이 충격을 받아서 화를 내고 있지만, 이 시기만 잘 넘기면 데릭은 예전의 데릭으로 돌아올 거라고 믿고 있었다.

아기돼지를 데리고 온 지 일주일 되던 날, 비로소 데릭이 사랑에 빠지게 되었다. 그 전에 반려동물을 데려왔을 때처럼 내가 데려오고, 데릭은 화내고, 그러다가 마침내 데릭이 아이들과 사랑에 빠지는 일련의 과정을 고스란히 거친 것이다. 이번엔 조금 더 힘들었지만.

내가 고양이 델로리스를 데리고 왔을 때도 데릭은 이름도 지어 주려고 하지 않았다. 함께 살지도 않을 텐데 이름을 왜 지어 주냐는 것이었다. 이번에도 마찬가지였다. 데릭은 아기돼지를 '키지지'라고 불렀다. 키지지kijiji는 아기돼지를 분양한 온라인 중고거래 사이트 이름이었다. 그러던 데릭이 2주가 지나자 더 이상 아기돼지를 키지지라고 부르지 않았다. 평생 부를 진짜 이름이 필요하다고 결정한 것이다.

우리는 지혜롭고 성숙한 영혼을 의미하는 이름을 지어 주고 싶었다. 에스터Esther. 종족을 학대로부터 구한 위대한 여성의 이름이 안성맞춤인 것 같았다. 게다가 돼지가 에스더라는 이름에 잘 반응했다. 아기돼지의 이름은 키지지에서 에스더로 바뀌었다.

나는 데릭이 에스더를 사랑하게 될 줄 알고 있었다. 데릭은 사실 마음이 약하다. 게다가 에스더는 누구도 사랑하지 않을 수 없는 존재였다. 에스더는 성격이 더없이 좋은 고작 900그램짜리 씰룩이였고, 미니돼지니까 크게 자라지도 않을 테니 얼마나 좋은가.

그때, 우리, 아니, 나는 어쩌면 그렇게 바보처럼 순진했을까.

지나고 보니, 우리가 그때 진실을 알지 못했던 것이 정말 다행이다.

만약 진실을 알았다면 우리는 에스더를 계속 키우지 못했을지도 모르니까. 우리는 어디에서도 도움을 받지 못하고 에스더와 함께 살기 시작했다. '초보자를 위한 집 안에서 돼지 키우기' 같은 책은 없었다. 돼지와 함께 산다는 건 보통의 반려동물을 키우는 것과 다르다. 우리는 예상보다 훨씬 더 독특한 동물을 키우고 있지만, 키우면서 발생하는 다양한 문제에 대한 대비책을 전혀 몰랐다. 예를 들어 우리 둘 다 집을 비울 때 돼지 보모를 어디서 찾아야 하는지 알 수 없었다. 개나 고양이는 전문 펫시터에게 부탁하거나 동물용 호텔에 맡길 수 있다. 하지만 돼지 놀이방은 없었다. 돼지의 성격이나 감정에 대해서도 알지 못했다.

만약 에스더 때문에 이후 벌어질 우리 삶의 변화에 대해서 누군가 미리 이야기를 해 주었다면 나는 에스더를 포기했을까? 그랬을지도 모르지만 우리는 이미 에스더의 마법에 걸려 버렸다. 시간이 지날수록 에스더를 더 사랑하게 되었고, 무슨 일이 생기면 어떻게든 해결 방법을 찾아냈다. 우리가 바꿀 수 없는 일은? 그저 받아들였다. 에스더에게 홀딱 빠지고 나니, 에스더는 없어서는 안 되는 가족이었다.

에스더와 함께 살기로 공식적인 결정을 내린 그 순간을 기억한다. 우리는 저녁을 먹고 있었고, 데릭이 마침내 앞으로의 일에 대해서 이야기했다.

"에스더 화장실을 어디에 두지? 집은 어디에 지어 줄까?"

데릭이 마음을 굳힌 것 같았다. 키우지도 않을 반려동물의 집을 어디에 지을지 고민하는 사람은 없으니까.

"그 말은 우리가 에스더랑 함께 살 거란 뜻이지?"

나는 바보처럼 웃으며 데릭에게 물었지만, 대답을 들을 필요는 없었다. 황홀한 순간이었다.

돼지
중성화수술

데릭과 내가 에스더가 미니돼지라고 철썩같이 믿고 있을 때, 부모님은 우리가 돼지를 키운다는 사실에 엄청 혼란스러워했다. 대대로 사냥과 농사를 업으로 하던 보수적인 집안의 데릭 부모님은 몇 년 전 데릭과 내가 커플이라는 사실도 겨우 받아들였는데, 이제는 돼지를 반려동물로 받아들여야 했다. 부모님은 우리가 제정신이 아니라고 생각했다.

"돼지랑 한 집에서 살겠다고? 돼지는 음식이잖아! 돼지는 더럽잖아!"(사실 에스더는 더럽지 않다. 에스더는 경이로울 정도로 깔끔하다.)

가족들은 항상 우리를 지지하고 우리 편이 되어 주려고 노력하지만, 완전히 이해하지는 못했다. 데릭의 할머니는 집 안에서 돼지를 키운다니 믿을 수 없다며 할아버지가 무덤에서 한탄하고 있을 거라며 탄식했다.

처음에는 부모님의 반응에 마음이 상했다. 안 그래도 많은 편견에 어렵게 살고 있는데 가족마저 우리 편이 아니라니. 데릭의 부모님에게 우리가 사는 방법에 대해 더 이해해 달라고 말하고 싶었지만 그렇게 하지 않았다. 큰 그림이 필요했다. 데릭의 가족은 우리가 동성애자라는 사실을 받아들였기에 이번에도 기다리기로 했다. 나는 사람들이 우리에게 미쳤다고 말해도 받아들이는 편이다. 말하고 싶은 대로 말하게 내버려 둔다. 그러다 보면 결국에는 그들이 생각을 바꾼다.

데릭의 부모님은 엄청 당황한 반면, 우리 어머니는 모든 일을 흐름에 맡겼다. 지상에서 영원까지 모든 동물을 사랑하는 당신의 아들을 오랜 세월 지켜보면서, 아들이 어느 날 갑자기 돼지를 집에 데려와도 그다지 놀랄 일이 아니라는 것을 진작 깨달은 분이다.

데릭은 많은 일을 담당한다. 개 산책부터 청소까지 모두 데릭의 일이다. 내가 어질러 놓은 것을 치우는 것도 데릭이다. 하지만 에스더는 내가 데려왔기 때문에, 모든 책임이 내게 있다고 데릭이 강조했다.

그날 데릭과 내가 저녁 준비를 하면서 부엌에 있는데, 그때 에스더가 우리를 다정하게 쳐다보면서 마룻바닥에 오줌을 쌌다. 물론 우리는 에스더가 오줌을 싸면서도 미안해하고, 일부러 그런 것이 아니라는 것을 알지만 그런 행동은 골칫거리였다.

"스티브, 네가 책임지고 해결해야겠다."

"물론이지."

나는 휴지로 바닥을 닦았다.

"내 말은, 지금처럼 오줌 싼 거 치우는 일 말고. 네가 에스더를 데려왔고, 우리랑 같이 살아야 한다면 에스더는 네가 책임져야 한다는 말이야."

"알았어. 내가 다 책임진다니까."

오줌을 닦느라 무릎과 양손으로 바닥을 짚고 있는 내 자세는 데릭에게 완벽하게 복종하는 포즈였다.

"산책시키고, 어지른 것도 치우고, 밥도 먹이고."

강아지를 처음 키우게 된 날, 엄마의 잔소리를 듣고 있는 것 같았다. 하지만 내가 하나라도 잘못하면 에스더를 뺏길 것 같은 기분도 들었다.

"좋아!"

나는 활짝 웃었다.

그날부터 에스더를 돌보는 일은 모두 내 몫이었다. 나는 괜찮았다. 그게 에스더를 키울 수 있는 조건이라면 얼마든지 할 수 있었다. 에스더가 아무리 집을 어질러 놓아도 나는 행복하게 치웠다.

그런데 에스더의 화장실 훈련은 어려웠고, 대소변을 치우는 데 어마어마한 양의 휴지가 소비되었다. 돼지에게 어떻게 화장실 훈련을 시킬까? 사람 아기용 놀이 텐트는 쓸 만했지만 일주일 만에 오줌 냄새에 찌들어서 버려야 했다. 그다음에는 대형견용 개집 안에 고양이 화장실과 담요를 넣었다. 무엇보다 바닥이 플라스틱이어서 청소가 용이했다. 매일 데릭이 집에 오기 전에 에스더의 집을 깨끗하게 치우고, 오물은 쓰레기봉투 깊숙한 곳에 숨겼다. 작은 돼지 한 마리 키우는 것쯤 누워서 떡먹기라는 걸 보여 주고 싶었다. 오줌을 닦느라 휴지를 너무 써서 수건을 빨아서 사용했다. 열대우림을 파괴하는 주범이 되고 싶지 않았고, 비용도 아끼고 싶었다.

온라인에서 돼지의 화장실 훈련 정보를 찾다가 한 시간 정도 떨어진 곳에 사는 돼지 사육사를 알게 되어, 그에게 수의사를 소개받았다. 수의사는 화장실 훈련법에 대해서 설명해 주었는데 대부분 이미 시도해 본 것들이었다. 수의사는 거의 모든 방법에 실패했다는 이야기를 듣더니 돼지에게 흔하게 나타나는 신장결석일 수도 있다면서 돼지를 많이 본다는 병원을 소개해 주었다. 돼지를 키우는 사람이 많지 않아 돼지를 잘 보는 수의사를 찾는 일은 아주 중요했다.

나는 에스더를 고양이용 이동장에 넣고 병원으로 향했다. 에스더는 이동장 안에 완벽하게 들어가서 누구도 이동장 안에 돼지가 있을 거라고 알아차리지 못했다. 굳이 에스더를 숨길 마음은 없었지만 에스더를 구경거리로 만들고 싶지도 않았다. 에스더는 병원 나들이가 무척 행복해 보였다.

사실 나는 동물병원을 방문하면서 기대하는 게 있었다.

'결석이군요. 이것만 치료하면 배변 문제는 완벽하게 해결될 겁니다.'

수의사가 이런 진단을 내릴 거라고 철썩같이 믿고 있었다.

수의사는 조막만한 에스더를 보더니 고개를 갸웃거리면서 어안이 벙벙한 표정을 지었다.

"이 돼지에 대해 얼마나 아나요? 아는 걸 다 말해 보세요."

뭐지? 왜 이런 질문을 하는 거지? 좀 불길했다. 나는 에스더에 대해 알고 있는 것을 하나도 빼놓지 않고 전부 이야기했다.

"그렇군요. 자, 무슨 문제가 있는지 꼬리를 좀 보세요."

수의사가 보라고 해서 봤지만 뭐가 문제인지 도저히 감을 잡을 수가 없었다.

"에스더의 꼬리가 짧게 잘려 있죠?"

"네, 꼭 작은 혹처럼 보이네요."

"맞습니다. 일반 사육용 돼지는 새끼 때 돼지 꼬리를 상당히 많이 잘라냅니다. 공장식 축산방식으로 돼지를 기르면 환경이 열악해서 돼지들이 스트레스를 받는데 그때 서로 꼬리를 물어뜯는 이상행동을 하거든요. 그걸 예방하려고 새끼 때 꼬리를 잔인하게 잘라내죠."

수의사가 해 준 이야기는 무척 끔찍했지만 그것이 에스더와 무슨 관련이 있는지 알 수 없었다. 어떤 괴물 같은 인간이 에스더의 꼬리를 잘라 버렸는지 화만 났다. 나는 수의사의 말을 전혀 이해하지 못하고 있었다.

"꼬리가 잘렸다는 건 사육용 돼지라는 말인데 사용용 돼지가 당신 친구가 말한 대로 생후 6개월인데 이만하다면, 에스더는 한배에서 난 형제 중 가장 작고 약한 녀석이었을 겁니다."

나는 몹시 당황했다.

"그러니까 선생님 말씀은 제 친구가 거짓말을 했다는 뜻인가요?"

처음으로 내가 속았을지도 모른다는 생각이 들었다.

"글쎄요, 그건 잘 모르겠고, 친구가 당신을 속인 거라면, 당신은 사육용 돼지의 아주 작고 몸이 약한 새끼 돼지를 키우게 된 거죠."

나의 사랑스런 에스더를 몸이 약한 새끼 돼지라고 말하는 게 너무 슬펐다.

"사육용 돼지일 거라는 제 의심은 추측일 뿐입니다. 미니돼지라는 친구의 말이 사실이면 다 컸을 때 30킬로그램 정도 될 겁니다."

그건 나도 알고 있는 사실이었다.

"하지만 만약에 친구의 말이 사실이 아니라면… 뭐, 언젠가는 알게 되겠죠."

에스더가 미니돼지인지 아닌지를 확실하게 알아내는 유일한 방법은 에스더의 몸무게를 재고, 키를 측정해서 성장 차트를 작성하는 것이라고 수의사는 설명했다. 에스더의 성장률과 일반 돼지의 성장률을 비교하면 에스더가 어디에 해당되는지 알 수 있을 것이다. 수의사가 제안한 방법은 부모님이 우리가 성장할 때 벽에 붙은 키재기 자에 키를 재던 것과 같았다. 단순한 나는 의사가 말한 의미는 잊고 에스더의 성장 기록을 남길 수 있어서 좋겠다는 생각만 했다.

그 이후 몇 달 동안 우리는 에스더와 평범한 일상을 보냈다. 우리는 돼지와 같은 집에서 산다는 사실을 매일 확인하며 살았다. 친구들이 오면 에스더가 종종걸음 치며 돌아다니거나 원하는 곳에 들어가 잠을 자는 것을 보면서 모두 함께 웃었다. 에스더가 가장 좋아하는 것은 마루에 있는 히터 통풍구에 발과 얼굴을 묻는 것이었다. 에스더는 통풍구 커버를 들춰 낸 다음 자기 몸을 통풍구 안으로 구겨 넣었다.

밤에는 에스더, 개들과 함께 산책을 나갔다. 에스더는 몸이 개보다 작아서 개들 사이에 있으면 사람들도 관심을 보이지 않았다. 가끔 우리가 돼지와 산책하는 것을 알아보는 사람도 있었지만 별일은 없었다. 에스더가 자꾸만 인도 옆 화단의 잔디를 파헤치려고 하는 것만 빼고는. 에스더의 버릇을 고치기 위해서 잔디를 파헤치려고 할 때마다 몸줄을 잡아당기는 훈련을 했다. 우리가 산책하는 모습은 개와 산책하는 여느 반려인과 같았다.

그런데 얼마 후 다시 수의사를 찾아갔을 때, 에스더가 엄청나게 빨리 자란다는 사실을 알게 되었다. 짧은 시간에 에스더의 몸무게는 벌써 32킬로그램이 되었다. 미니돼지일 경우 최고 몸무게라고 수의사가 경고한 30킬로그램을 이미 초과한 상태였다.

나는 무엇보다 에스더가 중성화수술이 되었는지 알아보기 위해서 아만다에게 여러 차례 연락했지만 내 연락을 받지 않았다. 에스더의 배에는 수술을 받았을 때 남는 흔적과 비슷한 흉터가 있었지만 의료기록이 없으니 확신할 수 없었다. 중성화수술 여부는 건강상 중요한 문제였기 때문에 꼭 알아야 했다. 수술이 되어 있지 않으면 나중에 자궁이나 유선에 종양이 생길 수 있기 때문이다. 계속 아만다에게 연락했지만 나를 피하는 것 같았다.

돌이켜 보면, 아만다는 내 이메일과 문자를 의도적으로 피한 게 틀림없다. 자기가 나를 속였다는 것을 내가 알아채서 연락한 거라고 생각했을 것이다. 나는 절대 화가 나서가 아니라 에스더를 분양한 브리더 정보와 중성화수술 여부를 알고 싶을 뿐이라고 말하려고 여러 번 연락을 취했지만 실패했다. 낙관적으로 생각하려고 애썼지만 뭔가 일이 생겼다는 것을 직감적으로 알았다. 데릭에게는 그럴 리 없다고 힘주어 말했지만, 머릿속에서는 에스더가 사육용 돼지일 수도 있다는 의심을 떨칠 수가 없었다. 그렇지 않고서야 에스더를 데려오기 전에는 그렇게 연락이 잘 되던 아만다가 지금은 전혀 연락이 안 될 이유가 없었다.

두 가지 방법이 있었다. 에스더의 배를 절개해서 수술 여부를 확인하는 것. 아니면 에스더가 더 나이 들기를 기다려서 발정기가 시작되는지 알아보는 것. 복부절개는 꽤 위험한 일이다. 돼지는 전신마취에 잘 반응하지 않기 때문에 수술이 어렵다. 누가 자기 아이의 배를 갈라서 열어 보기를 원하겠는가. 하지만 중성화수술을 하지 않은 돼지는 매달 발정이 오고, 매우 공격적이 될 수 있다. 에스더에게 발정이 오면 우리에게도 공격적이 될 수 있고, 무엇보다 그때 수술을 하면 더 위험하다. 돼지는 자랄수록 지방이 많아져서 수술 중에 실수로 정맥이나 동맥을 자를 위험이 높아진다.

어느 쪽이든 위험했다. 결정하기가 매우 어려운 문제였고, 우리는 오랫동안 결정을 내리지 못하고 고민만 했다. 데릭과 나는 에스더를 사랑했다. 이제 에스더는 우리 가족이었다. 데릭은 항상 무표정했지만 데릭 역시 내가 사랑하는 만큼 에스더를 사랑했다.

결국 우리는 수술을 하지 않기로 결정했고, 우리가 옳은 결정을 한 것인지 아닌지 지금도 알 수 없다.

에스더의 크기

나는 중성화수술 이외에 또 한 가지 어려운 문제를 안고 끙끙거리고 있었다. 선뜻 언급하지 못하고 꺼리고 있는 문제. 수의사는 에스더를 데려왔을 때 에스더가 형제 중 가장 왜소하고 약한 돼지이고, 진짜 생후 6개월이라면 후에 110킬로그램까지 자랄 거라고 말했다. 110킬로그램이라니. 미니돼지는 이미 아니라는 얘기다. 그런데 이게 그나마 괜찮은 시나리오라는 것이 문제이다.

남은 시나리오는 에스더가 우리에게 왔을 때 생후 6개월이 아닐 수 있다는 것이다. 생후 6개월이 아니라 생후 6주 때 입양한 것이라면 에스더는 왜소하고 약한 사육용 돼지가 아니라 그냥 건강한 사육용 돼지라는 의미이다. 그렇다면 에스더가 얼마나 크게 자랄지 예상하는 게 두려울 정도였다.

믿기 어렵지만 현실이면 받아들여야 했다. 모든 상황을 고려할 때 에스더는 미니돼지가 아니라 사육용 돼지이고, 엄청나게 거대해질 가능성이 점점 커지고 있었다. 이게 다 아만다의 거짓말 때문이지만 남 탓을 한다고 상황이 달라질 것도 없었다.

검색을 시작했다. 110킬로그램짜리 돼지는 몸집이 어느 정도인지 알고 싶었다. 110킬로그램이면 사람으로 치면 거인이지만 고맙게도 돼지는 밀도가 높아서 같은 무게의 사람과 비교하면 몸집이 작다. 그렇다 해도 110킬로그램이면 커도 너무 큰 반려동물이다. 중성화수술을 하지 않았다면 발정 때문에 매달 일주일씩 공격적이 된다는 것도 받아들여야 했다. 28평짜리 작은 집에 화가 난 채 달리는 110킬로그램짜리 불도저 돼지라니!

모든 상황이 당혹스러웠다. 이런 이야기를 데릭에게 어떻게 하지? 데릭은 상의 없이 돼지를 무작정 입양한 것도 이제야 겨우 받아들였는데 에스더가 우리보다 커질 수 있다는 말을 어떻게 할 수 있지? 하물며 우리 두 사람을 합친 것보다 더 커질 수 있다는 것을 말이다.

우리는 다른 사람들의 반응에 신경을 많이 쓰지 않는 편이다. 그래서 사람들이 에스더를 보고 "세상에, 이 돼지 정말 크다!"라고 말해도 크게 당황하지 않았다. 우리는 에스더를 매일 보기 때문에 에스더가 자라는 걸 잘 알아차리지 못했다. 게다가 돼지 키우기는 이번 생에 처음이라 경험이 없으니 자각도 없었다. 때문에 우리는 진심으로 알아차리지 못했다. 가장 친한 친구인 에스더를 '덩치 좋은 아기 양'이라고 불렀다. 무섭게 쑥쑥 크는 돼지에게 아기 양이라니. 우리나 친구들이나 모두 에스더가 엄청나게 커지는 일은 없을 거라고 확신했던 것 같다. 아니 믿고 싶었던 것 같다. 강한 부정은 현실을 망각하게 만든다.

하지만 이제는 데릭에게 모든 사실을 털어놓아야 했다. 데릭이 가장 좋아하는 와인을 샀다. 혹시 있을지도 모르는 소동을 잠재우거나 적어도 취하게라도 해야 했다. 그날 밤, 소파에 앉은 데릭과 나 사이에 에스더가 쿠션에 머리를 기댄 채 앉아 있었다. 나는 일단 중성화수술에 대해서 이야기를 꺼냈고, 데릭은 에스더의 건강에 대해 걱정했다. 이어서 에스더의 크기 문제로 자연스럽게 옮겨갔다.

"참. 수의사가 그러는데 에스더가 우리가 예상하는 것보다 조금 더 크게 자랄 수도 있대."

데릭은 눈썹만 치켜뜰 뿐 아무 말도 하지 않았다. 나는 긴장했지만 심각하지 않은 척했다.

"에스더가 사실은 미니돼지가 아닐 가능성도 있대."

"무슨 가능성?"

"에스더가 더 크게 자랄 가능성. 에스더가 이미 예상보다 더 많이 자란 상태라서 앞으로 더 자랄지도 모른대."

데릭은 나이에 비해 이미 엄청나게 몸집이 커 버린 에스더를 물끄러미 바라보았다.

"얼마나 더 자랄 것 같대?"

"45킬로그램에서 55킬로그램 정도. 뭐, 그렇게 대단한 건 아니고."

데릭은 깊은 한숨을 내쉬더니 어깨가 처졌다. 화가 난 것보다 걱정하는 것 같았다. 나는 항상 그렇듯 '다 잘 될 거야.'라는 분위기를 만들었지만 데릭의 표정은 '거봐, 내가 그래서 반대했잖아. 이제 어쩌지.'라고 말하고 있었다. 바로 그 순간, 에스더가 데릭의 다리 위에 머리를 올려놓고는 다정한 눈빛으로 데릭을 올려다보았다. 잘한다, 에스더!

데릭은 피식 웃고는 고개를 저었다. 충분히 화를 낼 만한 상황이었는데 이 상황을 받아들이기로 한 것 같았다. 데릭이 내 말을 믿은 것은 아마도 이미 에스더를 사랑하고 있었기 때문일 것이다. 데릭은 에스더가 더 크게 자란다고 해도 에스더를 포기하지 않을 것이다. 에스더를 처음 봤을 때는 보고 화를 냈지만 일단 가족이 되었다면 데릭은 누구도 포기하지 않는다. 물론 에스더의 미래에 대해서 완전히 솔직하게 말했다면 데릭의 반응이 달라졌을지도 모르지만. 사육용 돼지일지도 모르는 에스더의 크기를 대형견의 크기 정도로 거짓말했으니 언젠가 밝혀질 그날을 상상만 해도 무서웠다.

나는 에스더가 사육용 돼지라고 하더라도 100킬로그램이 넘을 정도로 크지 않을 거라고 생각했다. 아니 사실, 넘을지도 모른다고 생각했다. 다만, 에스더의 크기에 개의치 않기로 결심했다. 에스더가 얼마나 크게 자라든 포기하지 않고 함께 살 테니까. 나는 에스더의 덩치에 대해 민감하지 않은 사람이 되자고 결심했다. 그리고 누구도 에스더의 정체를 알아차리지 않길 바랐다.

이때쯤, 에스더는 특유의 성격을 드러내기 시작했다. 에스더는 장난기가 많았고, 사람과 바짝 붙어 있는 걸 좋아했으며, 강아지 장난감을 가지고 잘 놀았다. 시간이 지날수록 우리는 에스더를 정말 사랑하게 되었다.

개와 고양이
그리고 돼지

반려돼지를 키워 본 적이 없는 사람은 모르겠지만 돼지는 정말 개, 고양이만큼 다정하고, 배려심이 많고, 가족 같다. 솔직히 말하면, 몇몇 고양이보다 더 다정하다.

동물과 살다 보면 동물의 매력에 점점 빠지게 되는데 새끼라면 말이 필요 없다. 어떤 장벽도 다 허물어진다. 마음 같아서는 모든 종류의 동물을 한두 마리씩 우리 집에 데리고 살고 싶다. 그래서 에스더가 돼지라는 아만다의 말에 흥분했고 이 사달이 났다. 지금은 돼지와 사는 사람이 좀 있지만 우리가 에스더를 키울 때만 해도 돼지를 반려동물로 생각하는 사람은 거의 없었다. 에스더는 내게 특별한 존재이다. 이제껏 한 번도 돼지를 본 적 없는 나는 에스더와 함께 산다는 게 그렇게 흥미진진하고 신나는 일이 아닐 수 없었다. 에스더와 함께 살고부터 집에 가면 언제나 돼지가 있다는 사실만으로도 기분이 좋아서 미소가 저절로 지어졌다.

에스더와 함께 사는 일은 개, 고양이와 사는 것과 다르고, 모든 일이 다 처음 겪는 일이었다. 에스더는 발을 끌듯 뛰었고, 작은 발굽으로 미끄러졌으며, 활보하며 걸을 때는 또각또각 작은 소리가 났다. 쿵쿵 콧방귀를 뀌었고, 개보다 방귀를 자주 뀌었는데, 그런 점은 덜 사랑스럽지만 그런 것마저도 웃기고 사랑스러웠다. 다른 반려동물과 에스더가 전적으로 다른 점 또 하나는, 사람 손에 코를 비빈다는 것이다. 그렇게 하면 마음이 편안해지거나 진정이 되는 것 같았다. 우리가 자기 옆에 있고, 우리를 만질 수 있다는 것을 확인하면서 안전하다고 느끼는 것 같았다. 에스더는 잠들 때까지 우리 손바닥을 핥으면서 코를 위아래로 문질렀다. 그럴 때면 너무 사랑스러워서 심장이 터질 것 같았다.

다른 반려동물을 키울 때처럼 반려동물이 처음으로 어떤 특별한 소리를 내거나 독특하게 움직이거나 반려인의 눈을 똑바로 쳐다보면, 우리는 그 행동의 의미를 알아내기 위해 노력한다. 반려동물이 무슨 생각을 하고, 무엇을 느끼는지 알고 싶기 때문이다. 또한 가족이나 사랑하는 사람에게 그러는 것처럼, 내가 너를 염려하고 배려하고 있으며, 너를 위해 무엇이든 할 수 있다는 사실을 반려동물이 알아 주기를 바란다.

또한 반려동물에게 마음을 주기 시작하면, 반려동물이 우리에게 말하려는 것을 이해하기 위해 애쓴다. 그들의 행동에서 의미를 찾으려고 한다. 지금 이 '꽤액'은 즐거움의 꽤액일까, 공포의 꽤액일까? 아니면 배고픔이나 놀라움의 꽤액일까? 저 '갸우뚱'은 호기심일까, 아니면 나를 염려해서일까? 그것도 아니면 혼란스러워서일까? 아플 때 내게 알려 줄까? 나는 그것을 충분히 알아차릴 수 있을까?

에스더가 보여 주는 행동 중 개가 하는 행동과 비슷한 게 아주 많았다. 개가 입에 물고 앞뒤로 흔들며 가지고 노는 장난감이 있는데, 에스더도 그와 똑같은 방식으로 장난감을 갖고 놀았다. 개와 마찬가지로 에스더는 놀다 지치면 우리 다리 위에 올라와 코를 비비며 안기기를 좋아했다. 뽀뽀를 하기 위해, 혀를 쑥 내밀거나 우리 손에 머리를 위아래로 문질렀다.

또한 개처럼 관심받는 것을 좋아했다. 에스더는 자기를 쓰다듬으라고 다가왔다. 개나 고양이가 관심을 끌려고 하면 자기도 덩달아 그렇게 했다. 물론 에스더는 소리 나지 않게 살며시 걸을 수 없기 때문에 고양이처럼 몰래 다가올 수는 없었다. 에스더는 소리 나지 않게 살며시 할 수 있는 일이 거의 없어서 만약 닌자 학교에 다닌다면 돼지는 절대로 우등생이 될 수 없을 것이다.

45킬로그램짜리 돼지가 갈라진 발굽으로 단단한 마룻바닥 위를 또각또각 걸어다니는 것만큼 흥미로운 일은 없을 것이다. 에스더도 그랬다. 그런 면에서 에스더는 그저 평범한 돼지일 뿐이다.

우리는 에스더의 매력에 점점 더 빠져 들었다. 에스더는 특별했고, 우리는 에스더를 사랑했다. 우리는 에스더를 훈련시키거나 변화시키려고 하지 않았다. 돼지에게는 돼지만의 특징이 있지만 그저 개나 고양이를 대하듯 했다. 고양이들을 쫓거나 개들의 장난감을 물고 흔들 때 에스더의 눈은 빛났고 표정이 변했다. 보면 볼수록 에스더는 개나 고양이와 다를 게 없었다. 물론 영리하지만 종종 바보 같은 행동도 했다. 에스더도 개성과 나름의 성격이 있었고, 그렇게 점점 더 우리 마음 속 깊숙이 들어왔다.

무엇이 돼지를 다르게 만들었을까? 개와 고양이가 집에서 사랑받고 가족으로 대접받는 동안, 왜 돼지는 잡아먹히기 위해 사육되고 갇히게 되었을까? 겉모습의 차이를 빼면 에스더와 우리 집 개, 고양이와 어떤 점이 다른지 알 수 없다. 에스더는 흔들 만한 꼬리가 거의 남아 있지 않았지만, 꼬리가 있다면 분명 대부분의 시간 동안 행복하게 꼬리를 흔들었을 것이다.

왜 돼지는 운이 나쁜 동물이 되었을까? 왜 우리는 돼지가 매력적인 성격과 지성을 가지고 있다는 것을 알지 못했을까? 그리고 만일 에스더가 우리에게 오지 않았다면 지금 어디에 있을까?

우리는 이런 질문에 대해 곰곰이 생각했지만, 사실 대부분의 시간을 상냥하고, 사랑스러운 꿀꿀이 공주가 우리 가족이 되었다는 사실에 그저 행복해하면서 보냈다. 우리는 무엇인가를 그리워하게 될 거라고 생각한 적이 없다. 타고난 성격 때문에 나보다는 데릭이 훨씬 더 그랬다. 하지만 이제 우리는 에스더가 없는 집을 상상할 수 없다. 에스더는 집의 기둥, 벽, 마루처럼 우리 집에 꼭 필요한 존재가 되었다.

마루는 곧 에스더가 여기저기 싼 오줌 때문에 젖겠지만 말이다. 이제 그 이야기를 할 차례이다.

3장
사육용 돼지와
함께 산다는 것

부엌에 들어오려면 통행료를 내시오. 통행료는 쿠키 두 개랑 망고 한 개. 와, 싸다!

베이컨

9월 하순의 어느 날 저녁이었다. 에스더와 살기 시작한 지 몇 주 지났을 무렵, 나는 노트북 앞에 앉아 있었고, 데릭은 저녁을 차리고 있었다. 우리는 보통 7시쯤 데릭이 저녁을 준비하는 동안 나는 TV를 켠 다음 노트북을 들고 식탁에 앉는다. 식탁에 앉으면 부엌 내부가 다 보인다. 나는 데릭이 무엇을 하는지 보고 듣고 냄새 맡을 수 있는 곳에 앉아서 대화를 나눈다.

가을이면 부동산 시장이 활발해지는 계절이라 나는 무척 바쁘다. 시장이 위축되는 겨울이 시작되기 전에 새로운 매물을 등록해야 하는데, 데릭은 디자인과 스타일을 보는 안목이 탁월해서 카탈로그 디자인에 데릭의 의견을 많이 반영한다. 데릭은 일에 있어서도 나의 멋진 파트너이다.

그날 저녁, 나는 카탈로그 작업을 하고 있었고, 데릭은 가스레인지 앞에 서 있었다. 그리고 에스더는 데릭이 무엇을 만드는지 궁금한지 데릭 옆에 있었다. 앞에서 말했듯이 에스더는 여느 집 개처럼 행동한다. 데릭이 요리를 할 때면 에스더는 언제나 음식을 달라고 꾸우꾸우, 꽤액, 꿀꿀 소리를 내며 꼬리를 흔들었다. 데릭과 나는 엄한 반려인이 아니라서 에스더가 조르면 때때로 요리를 하다가 조금 떼서 나눠 주고는 했다.

싱크대 위에는 머핀, 치즈, 달걀, 베이컨 등이 올려져 있었다.

에스더를 삶에 받아들인 뒤에도 우리는 그 전과 다름없이 살았다. 먹는 것도 마찬가지였다. 햄버거를 먹고 페퍼로니 피자를 먹었다. 베이컨은 가끔 먹었는데 에스더를 의식하고 내린 결정은 아니었다. 그때까지만 해도 에스더와 베이컨 사이의 연관성을 찾지 못했다.

그런데 그날 밤, 데릭이 베이컨을 요리하는데 내 머릿속에서 무언가가 번쩍 했다.

갑자기 수의사가 에스더가 사육용 돼지일 수도 있다고 한 말이 떠올랐다. 사육용 돼지의 본분은 인간을 위한 음식이 되는 것이고, 인간은 먹기 위해서 돼지를 키운다. 돼지를 키우는 인간에게 다른 이유 따위는 없다. 사육용 돼지는 썰매를 끌거나 공원에서 수레를 끌지도 않는다. 그저 돼지갈비와 햄과 소시지가 될 뿐이다.

그렇다.

가스레인지 위에 놓인 프라이팬에서 베이컨이 바삭하게 익어 가는 소리가 들렸다. 내가 정말 좋아하는 맛있는 베이컨 냄새가 솔솔 풍겼다. 그런데 그 순간 그 냄새가 끔찍하게 느껴졌다.

죽음의 냄새 같았다.

나는 맛있는 음식을 먹을 생각으로 행복한 표정을 짓고 있는 에스더의 얼굴과 베이컨을 굽고 있는 데릭을 번갈아 쳐다보았다. 데릭은 요리를 하면서 꿀꿀거리는 에스더를 상냥하고 행복하게 가끔씩 내려다보고 있었다. 만약 내가 생각을 읽을 수 있다면 지금 에스더는 이런 이야기를 하고 있을 것이다.

"아빠! 프라이팬 위에 있는 게 뭐예요? 맛있는 거예요?"

맙소사. 우리가 지금 무슨 짓을 하고 있는 거야!

우리는 고기를 먹을 때마다 스스로를 합리화했다. 인간은 잡식동물이라고. 우리도 대부분의 사람들처럼 '어쨌든 역시 고기가 맛있어.'라고 생각했다. 돼지와 함께 살게 되었다고 하루아침에 고기를 거부하지 않았다. 완전 채식을 하는 사람처럼 육식성 재료 보기를 돌멩이 보듯 하지 않았다.

하지만 에스더가 사육용 돼지고, 누군가의 저녁식사 재료가 되는 운명이었다는 것을 알게 되자 돼지를 가족으로 갖는 것과 베이컨을 먹는 것을 분리할 수 없게 되었다. 에스더와 살면서 베이컨을 먹는 것은 개를 키우면서 개를 먹는 것과 같은 것이었다. 우리집 반려견이 아니고 다른 집 개라도 마찬가지이다. 방금 전만 해도 내가 루벤, 셸비와 뒹굴며 놀고 있는데 같이 놀자고 에스더가 달려왔다. 우리는 그런 관계였다.

나는 데릭을 슬쩍 쳐다보았다. 데릭도 나와 같은 생각을 하고 있을까? 그 순간 데릭도 자기가 만들고 있는 베이컨과 에스더를 번갈아 쳐다보았다. 꽤 극적인 장면이었다. 에스더가 내는 꿀꿀 소리와 공기 중에 퍼지는 돼지 살코기가 구워지는 냄새.

나는 개를 먹지 않는다. 이제는 베이컨도 먹지 못할 것 같았다. 주저할 이유가 없었다. 나는 부엌으로 들어갔다.

"나 이거 못 먹겠어."

잘 못 들었는지 데릭이 다시 말해 보라고 했다.

"이거, 베이컨, 먹지 않을 거라고. 너무 끔찍해."

"나도 못 먹겠어."

데릭의 대답에 나는 깜짝 놀랐다.

기분이 묘했다. 데릭은 내게 이유를 묻지 않았다. 나와 똑같은 생각을 하고 있었던 것이다.

그날 이후에도 우리는 여전히 달걀 샌드위치는 잘 먹었다. 우리는 하루아침에 완전 채식을 하는 비건vegan(고기는 물론 달걀, 우유도 먹지 않는 엄격한 채식주의자)이 되지는 못했다. 하지만 적어도 지금 당장 '에스더'를 먹을 수는 없었다. 우리는 계속 달걀과 치즈를 먹었고, 달걀과 치즈를 먹는 것이 돼지를 먹는 것과 어떻게 다른지에 대해 변명을 해대며 먹었다. 우리는 일단 젖소와 닭과는 친분이 없으니까. 젖소와 닭은 당시 우리에게 어떤 감정적인 교류도 없는 그저 농장동물이었다.

우리는 돼지에 대해서 공부하면서 돼지가 얼마나 영리한 동물인지 알게 되었다. 또한 돼지에 대한 정보를 찾다 보니 사육용 돼지들이 얼마나 참혹한 환경에서 길러지는지도 알게 되었다. 돼지에 대해서 알면 알수록 에스더에 대한 사랑은 더 커져 갔다. 우리는 베이컨에서 에스더를 봤다. 하지만 햄버거는 그냥 햄버거로 보였다. 우리는 에스더만 다른 농장동물로부터 확실하게 분리해서 반려동물의 영역으로 옮겼을 뿐이다. 다른 농장동물은 여전히 음식으로 나눠서 생각했고, 스스로 벽을 쌓아올렸다.

에스더가 영리하다면
모든 돼지가 영리한 것

그 일이 있고 며칠 후 넷플릭스netflix(영화, 드라마 등 영상 콘텐츠를 유료로 볼 수 있는 영상 스트리밍 서비스)의 메뉴 화면을 넘기던 우리는 〈베쥬케이티드Vegucated〉라는 다큐멘터리에서 멈췄다. 뉴욕에 사는 육식주의자들이 6주 동안 비건으로 사는 이야기를 다룬 다큐멘터리였다. 우리는 그런 종류의 다큐멘터리를 찾아보지 않는다. 채식과 관련된 다큐멘터리는 농장동물의 도살 장면이 나오곤

하는데 너무 사실적이고 끔찍해서 보기가 힘들었다. 그런데 이 다큐멘터리는 끔찍한 장면이 나오지 않았고 전체적으로 가볍고 코믹해 보였다. 나는 새로운 정보를 받아들이는 것을 좋아해서 다양한 종류의 다큐멘터리를 즐겨 본다. 공학, 역사, 자연, 동물이 주제인 다큐멘터리를 좋아한다. 하지만 아프리카에서 벌어지는 포식자와 피식자가 얽히는 '삶의 순환'에 대한 이야기는 보지 않는다. 그런 다큐멘터리는 항상 아름다운 얼룩말이 사자에게 붙잡혀 고꾸라지는 것으로 끝나게 마련이니까. 아무리 자연의 섭리라고 해도 죽어 가는 얼룩말을 보는 것은 싫다.

〈베쥬케이티드〉는 봐도 괜찮겠다는 생각이 들었다. 데릭은 스마트폰으로 이메일을 읽느라 바빴다. 나는 시작 버튼을 눌렀다. 스마트폰에 코를 박고 있던 데릭이 내가 평소 즐겨보는 에어버스 A380 만들기나 풍력발전기를 북해에 설치하는 다큐멘터리가 아닌 다른 것을 선택한 것을 보고 흥미를 보였다.

마침내 다큐멘터리가 끝나고 우리는 육식 위주의 생활에 대해서 다시 생각하기 시작했다. 그리고 바로 다른 다큐멘터리를 찾아보았다. 〈푸드 주식회사Food, Inc〉는 미국의 공장식 축산에 관한 내용이었고, 〈블랙피시Blackfish〉는 야생에서 포획되어 쇼를 하며 사는 범고래 틸리쿰의 삶을 조명한 것이었다. 우리가 먹는 음식이 어디에서 오는지, 동물이 어떤 취급을 당하는지에 대해 많은 것을 알게 되었다. 인간은 동물을 너무 잔혹하게 대했고, 심지어 괜찮을 거라고 믿어 온 분야에서도 잔혹하기는 마찬가지였다.

나는 스스로 동물을 엄청나게 사랑하는 사람이라고 생각해 왔다. 하지만 아닌 것 같았다. '어차피 고기로 태어난 동물이잖아.'라고 너무 쉽게 생각하고 살았다. 찾으려고 했다면 쉽게 찾을 수 있는 정보가 널려 있었는데, 그렇게 하지 않았다. 육식주의자로서의 생활방식을 아무 생각 없이 받아들이고 즐기는 것은 너무 쉬운 일이었다.

그래서 채식인이 되기로 했다. 단순한 이유였다. 고기는 더 이상 못 먹을 것 같았다. 육식주의자의 삶을 뒤로 하고 농산물 코너를 사랑하는 완전한 채식인이 될 시간이었다.

물론 쉬운 일은 아니다. 윤리적인 이유로 육식을 그만두기로 결심했지만 내게는 커다란 장애물이 하나 있었다.

나는 채소를 싫어했고, 솔직히 말하면 채식을 하는 지금도 그렇다.

나는 음식에 양파 조각이라도 들어 있으면 냄새로 찾아내서 양파와 접촉한 부분까지 덜어냈다. 미처 찾아내지 못한 양파 조각이 입 안으로 들어가서 씹히면, 그 순간 식사는 끝났다. 그야말로 편식대마왕. 근사한 레스토랑보다 햄버거나 파스타 가게를 더 좋아한다. 레스토랑에 가야 할 경우에는 집에서 먼저 밥을 먹고 가기도 한다. 레스토랑 요리랑 맞지 않을 수도 있기 때문에 미리 배를 채워 두는 것이다.

데릭이 물었다.

"우리가 비건이 될 수 있다고 생각해?"

나는 머뭇거렸다. 자타가 공인하는 채소혐오자로서, 채식을 받아들일 수 있을까? 나는 좋아하는 것만 먹는다. 좋아하지 않는 음식을 먹는 일을 무서워하고, 먹어 보지 못한 새로운 것을 먹는 것은 훨씬 더 무서워한다. 쿠스쿠스나 퀴노아 같은 비건 음식도 무섭기는 마찬가지였다. 아사이acai(아미노산과 불포화지방산 등이 풍부하게 함유된 야자수 열매로 슈퍼푸드라 불린다)? 내 입으로 발음조차 하고 싶지 않다.

나는 동물을 먹고 싶지 않았고, 닭과 소 역시 개와 고양이(또는 우리에게 반려동물의 반열에 확실하게 올라가 있는 돼지까지)와 다르지 않다는 사실을 알게 되었다. 하지만 내 머릿속은 으스스한 질문으로 가득했다.

만약에 내가 고기를 먹을 수 없다면 뭘 먹어야 하지? 나는 샐러드를 싫어한다. 맛이 이상한 채소를 싫어하는데, 거의 모든 채소가 내게는 이상한 맛이 난다. 그럼 내가 먹을 수 있는 게 뭐지? 곡식과 견과류만 먹고 살아야 하나? 그러다가 새가 되는 거 아냐? 등등.

하지만 이런 생각을 데릭에게 말하지는 않았다. 우리는 할 수 있다는 이야기만 나눴다. 우리는 진화하고 있는데 내 유별난 입맛이 걸림돌이 되고 싶지 않았다.

작은 것부터 시작하기로 했다. 일단 식단에서 고기를 뺐다. 고기는 더 이상 매일 식탁에 올리는 일상적인 요리 재료가 아니었다. 하지만 일을 다니다가 햄버거를 먹었고, 우유를 포기하지 못했다. 그건 너무 어려운 일이었다. 언제나 '먹어도 괜찮아'라고 말할 수 있는 구실을 찾느라 애썼고, 나 자신을 아주 잘 납득시켰다.

그러면서도 마음 한편에서는 스스로 정당화하려고 애쓴다는 것을 알고 있었다. 진실을 외면하면 외면할수록, 더 많은 것이 눈에 들어왔다. 나는 그동안 '풀어서 키운 방목 닭', '방목 닭이 낳은 달걀', '자유롭게 목초를 먹고 자란 육우', '목초를 먹는 행복한 젖소에서 나오는 우유' 같은 광고 문구에 현혹되었다.

나는 생각했다. 행복하게 사육된 소라면, 아름다운 초원에서 마음껏 돌아다니며 행복하게 산 닭이라면, 짤 때 젖소를 아프게 하지 않은 우유라면 먹어도 된다고.

그런데 맙소사, 내가 틀렸던 것이다.

나지막한 언덕과 아름다운 초원이 펼쳐진 멋진 목장에서 행복하게 사는 젖소, 사랑스러운 소녀가 우유통을 들고 나이 든 젖소의 우유를 짜러 간다. 젖소는 우유를 짜 주기를 바라고, 사람들에게 우유를 제공할 수 있어서 행복하다. 가족들은 젖소를 아끼고 사랑한다. 이것이 우유에 관해 내가 상상해 온 이야기이다.

그런데 조금만 알아도 많은 변화가 생긴다.

비디오를 본 후, 현대식 낙농산업의 젖소들이 혐오스러운 취급을 받는다는 사실을 알게 되었다. 인간은 유아기가 아니라 다 커서도 젖을 먹는 유일한 동물이고, 동종이 아닌 다른 동물의 젖을 먹는 유일한 동물이기도 하다. 소의 젖을 짠 다음 그걸 마시겠다고 인류 최초로 결정한 사람은 누굴까? 좀 해괴한 사람인 것 같다. 젖소는 '저기, 죄송한데요, 지금 뭐하시는 거죠.'라고 생각했을 것 같다.

채식 초기에 데릭과 나는 파티에 가면 어떤 음식이든 마구 먹었다.

내가 산 것이 아니니까.

어차피 여기 있으니까.

먹지 않고 남기면 쓰레기가 되니까.

이미 만들어진 음식이니까.

이런 '타당한' 이유를 대면서 고기를 먹었다. 다른 사람이 산 고기라도 먹지 않겠다는 결심이 서기까지 몇 달이 걸렸다. 에스더를 알면 알수록, 우리의 유대가 강해지면 강해질수록 에스더와 젖소를, 에스더와 다른 농장동물을 구분할 수 없게 되었다.

지금 여기서 우리와 함께 있지 않다면, 에스더는 지금 어디에 있을까? 비좁은 암퇘지용 임신틀gestation crate(공장식 축산에서 임신한 암퇘지를 가두는 가로 60센티미터, 세로 210센티미터의 철제 틀이다. 이곳에 갇혀 어미 돼지는 몸을 돌릴 수도 없는 상태로 새끼를 낳고 젖을 물린다)에 있겠지. 나는 에스더의 한배 형제들은 어떻게 살았을지 궁금했다. 내가 식료품점에서 구입한 베이컨이 에스더 가족 중 하나가 아니라고 누가 확신할 수 있을까? 그렇지 않다 해도 어쨌든 도살된 돼지의 살코기라는 사실에는 변함이 없다. 그 돼지도 에스더처럼 지성과 개성이 있고, 애착과 사랑을 안다. 현대의 식품산업에 대해 알게 되면서 에스더를 보면 공장식 축산 시스템에서 고통받는 농장동물이 보였다. 수박이나 망고를 한 입 베어 물고 행복한 표정을 짓는 에스더를 보다가 어느새 나는 임신틀에 갇힌 비통하고 참담한 돼지의 모습을 상상했다. 화장실을 이용하고, 장난감을 가지고 놀고, 개성을 드러내며 커가는 에스더를 보면서 자랑스러운 아빠가 된 기분이었는데, 식료품점의 정육 코너에 가면 모든 고기에 얼굴이 있는 것 같았다. 나는 더 이상 스테이크나 베이컨 조각을 식료품으로 생각할 수 없었다. 돼지요리를 보면 에스더가 떠올랐고, 그럴 때면 무척 속상했다.

에스더와 살게 되고 에스더의 성격이 활발해질수록 '그저 동물일 뿐이잖아.'라는 생각이 허튼소리라는 것을 깨달았다. 에스더는 우리가 개한테서 찾을 수 있는 모든 성격과 개성이 있었고, 매일 우리에게 특별한 것을 보여 주었다. 물론 그중에는 '찬장 열고 음식 훔치기'처럼 나를 무지하게 화나게 하는 것도 있지만. 에스더의 높은 지능은 우리를 변화하게 만든 중요한 요인이었다. 우리는 알게 되었다. 에스더가 이렇게 영리하다면, 모든 돼지가 영리하다는 것을.

우리는 변하기를
원했다

하지만 많이 알아도 항상 인식하고 살지는 않는다. 흡연과 같다. 사람들은 담배가 몸에 나쁘다는 것을 알고, 담배를 필 때마다 스스로를 죽이고 있다는 사실도 안다. 하지만 담배를 계속 핀다. 사람들은 담배를 끊어야 하는 이유를 알면서도 담배를 피울 이유를 계속 찾아낸다. 그러다가 결국 금연을 해야 하는 절박한 이유가 생겨야 담배를 끊는다.

에스더는 우리에게 여러 가지 명분을 주었다. 진실을 찾아내고, 행동을 바꾸고, 바꾼 행동을 계속 유지해 나가야 하는 명분을.

비건이 되는 것은 쉽지 않다. 비건이 되려면 배우고 익혀야 하는 것도 많고, 짜증나고 성가신 일도 많다. 처음에는 장보는 시간도 더 걸린다. 제품의 성분 표시를 꼼꼼히 살펴봐야 하기 때문이다. 그렇게 하기에는 시간이 없고, 너무 힘들어서 못하겠다고 변명거리를 만들지만, 솔직히 그건 힘든 일이라기보다는 익숙하지 않은 일일 뿐이다. 익숙해진 것들을 조금 덜어내고, 새로운 것을 조금 배우면 된다.

그리고 정말로 변하고 싶다면 모든 것을 포기해야 한다. 고기도, 동물성 제품도 포기하는 것이 얼마나 어려운 일인지 잘 안다. 하지만 데릭과 나는 변하기를 원했다. 완전 채식을 하기로 결정하고 나니, 처음에는 재미있었다. 장을 보러가서 우리가 좋아하는 과자 도리토스에 우유가 함유되어 있고, 어떤 성분을 찾아보니 소의 힘줄이었다는 것을 알아내고는 잘하고 있다고 스스로를 칭찬했다. 하지만 정말 많은 물건에 동물성 성분이 포함되어 있어서 고기를 먹지 않는 것보다 그걸 찾아내서 쓰지 않는 일이 더 어려웠다.

그래서 비건은 어렵다. 내가 식료품을 사왔는데 그중에 동물성 성분이 있다는 것을 데릭이 발견하거나 반대로 데릭이 사오고 내가 발견하는 일이 얼마나 많았는지 모른다. 고기를 먹던 때도 장보기는 귀찮은 일이었는데, 비건이 되고 나니 한 시간이면 충분했던 장보기가 세 시간은 족히 걸렸다. 우리는 겉으로 보기에는 똑같아 보이는 제품 두 개를 들고 어느 것이 비건용인지 아닌지 따지느라 식료품점에서 살아야 할지도 모른다고 농담을 할 정도였다.

화장실
훈련

우리의 식생활이 변화하는 동안, 에스더는 자라고, 또 자라고, 또 자랐다. 또 화장실 훈련은 우리가 예상했던 것보다 더 어려운 일임을 깨달았다. 어마어마한 양의 소변과 대변 때문에 앞으로 점점 더 스트레스를 받을 것 같았다.

누가 돼지의 화장실 훈련이 쉽다고 했던가. 사람들은 "에스더에게 몇 번만 시범을 보이면 돼요, 그게 끝이에요."라고 조언했다. 우리는 처음에 고양이용 화장실에 강아지용 배변 패드를 깔기로 했다. 돼지가 모래를 먹기 때문에 고양이용 모래를 사용할 수는 없었다. 그래서 돼지에게는 모래 대신 배변 패드나 나무 톱밥을 사용한다. 우리는 구할 수 있는 최대한 큰 돔 형태의 고양이 화장실을 구입했다. 당연히 에스더가 화장실 안으로 들어가서 볼일을 보고 나오는 것을 상상했다.

첫 번째 단계는 성공적이었다. 에스더가 화장실 안으로 쑥 들어갔다. 그런데 문제는 그다음이었다. 돼지의 체형 때문에 에스더는 화장실 안에서 몸을 돌릴 수가 없었다. 그러다 보니 화장실로 들어가서 몸을 돌리지 않고 오줌을 쌌고, 오줌이 화장실 밖으로 흘렀다. 에스더는 '제대로' 했지만 결과는 '제대로'가 아니었다. 그래서 우리는 60센티미터 더 큰 화장실을 다시 구했다. 그런 다음 에스더가 안으로 들어가서 몸을 돌린 다음 쪼그리고 앉아서 볼일을 보도록 가르쳤는데 그게 얼마나 어려운 일인지 금세 알게 되었다.

에스더가 자랄수록 배변 패드도 점점 더 큰 것을 사용해야 했다. 여기서 크다는 의미는 소파 크기만 한 패드를 말한다. 소파를 박스로 둘러싼다고 생각하면 된다. 그게 에스더 화장실의 크기이다. 아마 대도시 중심에서 살아본 사람이라면 에스더 화장실보다 작은 욕실에서 살았을 수도 있을 것이다. 화장실을 더 큰 것으로 바꿀 때마다 에스더에게 화장실 훈련을 다시 시켜야 했다. 에스더를 화장실에 들어가게 하고, 몸을 돌리게 하고, 그런 다음 볼일을 보게 하는 과정을. 화장실 안쪽에 플라스틱 간판을 구해 둘러막고, 엄청난 양의 나무 조각을 바닥에 깔았다.

화장실 청소는 악몽이었다. 화장실은 돔 구조였기 때문에 서서 삽(고양이 화장실용 삽이 아니라 일반 삽)으로 오물을 퍼낼 수가 없었다. 지붕이 있었기 때문에 화장실 안으로 기어 들어가서 청소를 해야 했다. 꽤 힘든 육체노동이었고, 비위가 무척 상하는 일이었다. 나는 이틀에 한 번꼴로 화장실로 기어 들어갔다.

그 시기에 에스더는 물을 엄청 많이 마셨다. 요즘 마시는 것보다 훨씬 많은 양을 마셨다. 아마도 성장하는 시기여서 그랬던 것 같다. 당시 에스더는 물을 마실 때 한 번에 11리터씩 마셨다. 그러니 오줌도 11리터씩 쏟아졌다. 화장실 훈련도 완벽하지 않아서 11리터의 액체가 화장실이 아닌 곳에 쏟아질 때도 많았다. 우리는 에스더가 언제 화장실에 갈지 알아차리려고 노력했지만 번번이 실패했다. 아기 고양이나 강아지의 화장실 훈련 실패는 그러려니 할 수 있지만 돼지의 화장실 훈련 실패는 양 때문에 그와는 비교도 안 되는 낭패였다.

에스더의 화장실은 점점 커져서 행사 때면 등장하는 사람용 이동식 화장실만큼 큰 것이 필요했다. 우리는 에스더의 화장실을 바닥이 마감 처리가 되지 않은 지하실로 옮겼고, 어린이용 펜스를 설치했다. 우리가 집을 비울 때 에스더가 위층으로 올라오지 못하도록 하기 위해서였다.

그렇게 문제를 해결했다고 생각했다. 하지만 그게 끝이 아니었다.

에스더에 관한 일은 최대한 신중하게 결정했고, 임시변통으로 해결할 수 있는 것들은 잔기술을 이용해서 처리하기도 했지만 그런데도 불구하고 점점 더 많은 사고가 발생했다.

청소 또한 엄청나게 힘들었다. 일단 화장실을 분리하고, 살균하고, 더러워진 배변 패드를 치우고, 바닥을 걸레질하고, 모든 쓰레기를 봉투에 담아 밀봉하는 작업을 하느라 지하실에서 한 시간을 보냈다. 화장실 안을 기어 다니고 청소하고 소독하면서 갖은 오물과 먼지를 뒤집어썼다. 소모적이고 지저분한 작업이었다. 하지만 그때만큼은 우리를 제외한 모든 것이 에스더의 똥오줌으로부터 깨끗해지는 순간이었다.

우리가 청소를 마친 후 옷을 갈아입고 한숨 돌리면, 5분 뒤 에스더는 지하실로 내려가서 과녁을 적중시키지 못한 채 또 오줌을 쏟아내고 지하실 바닥은 다시 에스더의 오줌으로 흥건해졌다. 그러면 우리는 모든 것을 다시 시작해야 했다.

우리는 냉정을 잃지 않으려고 애썼다. 데릭은 처음부터 내게 청소를 맡겼고, 나는 이의를 제기할 수 없는 입장이었다. 상의 없이 에스더를 데려왔으니 내가 책임 지는 것이 당연했다. 그런데 착한 데릭은 나를 도와 청소를 함께 해 주었다.

에스더의 배변 습관은 많이 좋아졌지만, 완벽하지는 않았다. 에스더는 종종 거실을 배회하다가 우리 앞에 쪼그려 앉고는 오줌을 쏟아 냈다.

우리는 바로 "안 돼!"라고 소리 지르며 반사적으로 반응했는데, 이 게 상황을 더욱 나쁘게 만들었다. 에스더는 자기가 뭔가 잘못했다고 생각하고 싸던 오줌을 끊고 달리기 시작했다. 그러고는 집 안 이쪽 끝에서 저쪽 끝으로 오줌을 뿌리면서 달렸다. 에스더의 발자취를 따라 탈취제를 뿌리고 마룻바닥을 청소하고, 오줌이 묻은 러그를 세탁하다 보면 갑자기 솟아오르는 화를 주체하지 못하게 된다. 그래서 에스더가 잘못했으니 혼내려고 지하실에 가두었는데 그게 또 다른 문제를 불러일으켰다.

에스더가 소리를 지르기 시작한 것이다.

어찌나 큰 소리로 울부짖는지, 마치 제트 여객기가 내는 소음 같았다.

거실에 앉아서 다른 일에 집중하려고 했지만, 에스더가 울부짖는 소리를 무시할 수 없었고 마음이 아팠다. 지하실에서 데리고 나와 다 괜찮다고 말해 주고 달래 주고 싶었다. 강아지가 순진무구한 눈망울로 사람의 눈을 바라볼 때 원하는 것을 해 줄 수밖에 없는 그런 상황과 비슷했다. 사람 아기의 울음도 마찬가지다. 개든 아기든 그들이 원하는 것을 얼른 들어주고 싶어진다. 하지만 좋은 부모가 되려면 에스더를 잘 가르쳐서 에스더가 저지르는 테러를 그만두게 해야 했다. 에스더의 울부짖음이 속상했지만 에스더에게 더 단호해져야 했다.

동시에 데릭이 감당하기에 어려운 일이 자꾸 발생하는 게 걱정이 되었다. 분명 데릭은 에스더를 사랑하지만 이런 상황이 반복되면 어느 순간 "다 소용없는 일이야."라며 에스더를 포기할까 봐 두려웠다. 에스더를 다른 곳으로 보내자는 말이 나오기 전에 내가 에스더의 행동을 더 잘 통제해야 했다.

그래서 에스더를 더 냉정하게 대하고 더 엄하게 가르치려고 했지만 쉬운 일은 아니었다. 에스더는 물론 우리도 비참한 기분이 되었다. 우리는 에스더가 일부러 실수하는 것이 아니라는 것을 알고 있지만, 잘못된 행동을 어떻게든 바로잡아야 한다는 것도 잘 알고 있었다.

우리는 에스더에게 30분 동안 벌을 주기로 했다. 제트 여객기처럼 굉음을 내며 우는 에스더를 그냥 두었다가 30분이 지나면 지하실에서 나오게 했다. 하지만 에스더는 30분이 지나서 위로 올라오자마자 다시 똑같은 행동을 반복했다. 그리고 다시 지하실에서 30분 동안 벌을 받았다. 에스더는 자기가 왜 지하실에 갇혀 있는지 알지 못했다. 잘못을 한 후에 벌을 주는 것이 모든 반려동물에게 효과가 없다는 사실을 알고 있었지만 당시 우리가 할 수 있는 것은 그것 외에는 아무것도 없었다.

모두에게 무척 힘든 시간이었다. 에스더의 화장실 훈련은 몇 주 동안 계속되었고, 모든 교육이 그렇듯 두 걸음 앞으로 나가면 한 걸음

뒤로 물러서기를 반복했다. 때로는 한 걸음 앞으로 나가고, 다섯 걸음 뒤로 물러서기도 했다. 하루는 놀라운 성과를 거둔 것처럼 보이다가도 바로 다음 날 심각한 퇴보를 하는 것이다. 패턴을 파악할 수 없어서 더 답답했다. '이 방법이 잘못된 건가? 어제는 괜찮았는데, 오늘은 완전 엉망이네.' 매일 이런 생각을 하며 시간을 보냈다.

물론 다른 문제도 있었다. 에스더를 충분히 이해했다고 생각할 즈음, 에스더가 너무 크게 자라서 화장실보다 커졌고, 데릭의 물건을 먹어서 데릭을 엄청나게 열받게 했다. 에스더가 전선을 좋아해서 전화선과 컴퓨터 충전기를 수도 없이 잃어버렸다. 에스더가 일부러 나쁜 짓을 하는 것은 아니다. 많은 개와 고양이가 집 안에 있는 물건을 물고 뜯고 망가뜨리는 것처럼 에스더 역시 본능적으로 행동하는 것뿐이었다. 하지만 대규모 피해가 계속 발생하자 우리는 에스더에게 더 엄하게 대했다.

그럴 때마다 에스더는 처절하게 울부짖었다. 아침에 눈을 뜰 때마다 우리는 부디 오늘은 에스더가 혼날 일이 없기를 바랐다.

함께 살 수 있을까?

우리는 에스더를 데려온 후 처음으로 여행

을 가기로 했다. 크리스마스 때 데릭의 부모님을 만나러 가는 동안 친구이자 헬스 트레이너인 레타에게 에스더를 부탁하기로 했다. 레타는 친구들의 개를 종종 돌봐 주었고, 에스더와도 잘 지냈다. 레타는 아무 걱정 말라며 우리를 안심시켰다. 겨우 사흘 동안 집을 비우는 것이었는데 에스더의 배변 습관이 문제였다. 레타에게 화장실 청소는 기대하지도 않았다. 우리에게 잠시의 휴식이 필요해 어쩔 수 없이 부탁한 것이었다.

이것이 에스더와 함께 살기 시작한 이후 집이 아닌 곳에서 편안함을 느끼며 보낸 첫 휴가였다. 에스더가 온 후 우리의 일상은 줄곧 긴장감과 책임감으로 가득 찼기 때문에 겨우 사흘이었지만 우리에게는 절실하게 필요한 '휴가'였다

네다섯 시간 운전을 해서 도착한 부모님 집에서도 특별한 일은 없었다. 그런데 부모님 집에서의 시간이 끝나갈 무렵 데릭이 더 이상 에스더를 키우지 못하겠다며 폭탄선언을 했다.

에스더가 우리 집에 온 후 일어난 일련의 일이 있으니 데릭의 폭탄선언에 엄청나게 놀랐다고는 할 수 없다. 다만 너무나 괴로웠다. 데릭에게 좋아질 거라고, 해결 방안을 찾아보자고 설득하는 것 외에는 다른 방법이 없었다. 데릭의 심정을 이해했지만 집에 돌아가자마자 우리의 '덩치 큰' 아가씨를 쫓아내야 할 수도 있다는 생각에 두려워 토할 지경이었다. 함께 살 수 없다는 것이 에스더에게는 어떤 의미인지 생

각해 볼 여력도 없었다.

운전해서 집으로 돌아오는 길에도 에스더의 일은 해결되지 않은 상태였다. 우리는 큰 소리를 내지 않았다. 이 불안한 평화가 깨질까 봐 겁이 나서 둘 다 입을 다물고 있었다. 집에 도착하면 무슨 일이 벌어질지 두려웠다.

에스더가 다루기 힘든 반려동물인 것은 맞다. 하지만 에스더와 정말 함께 살고 싶은 마음이 있다면 합리적이고 논리적인 결론을 도출할 수 있을 것 같았다. 에스더가 최근에는 아주 잘하기도 했으니까 희망이 있지 않을까.

나는 에스더에게 많은 자유를 주었다. 데릭이 나가면 에스더와 함께 집 밖으로 나가 이런저런 일을 보곤 했다. 외출 중에 에스더가 얼마나 잘했는지 데릭에게 말할 기회가 있기를 바랐다. 하지만 이런 시도는 언제나 데릭이 귀가하기 전에 에스더가 저지른 것들을 내가 미친 듯이 치우는 것으로 마무리되었다. 나는 에스더가 저지른 일들을 데릭이 알지 못하게 하려고 항상 발버둥쳤고, 스트레스를 엄청나게 받았다. 내가 데릭에게 했던 "나는 할 수 있어, 걱정하지 마, 에스더는 끝내 주게 잘 해낼 거야."라는 말이 틀리지 않았다는 것을 증명해야 했다. 그 말을 할 때 나는 진심이었고 정말 그럴 수 있을 줄 알았다.

집으로 돌아오는 내내 내 심장은 목구멍에 걸려 있었다. 집에 도착해서 데릭이 할 일이 두려웠다. 데릭은 문을 열자마자 에스더를 내쫓을까? 그때 나는 어떻게 해야 할까? 나는 문을 열었을 때 깨끗하고 완벽한 상태의 거실에서 놀고 있는 레타와 행복한 에스더의 모습을 볼 수 있기를 꿈꿨다. 우리와 떨어져 있는 동안 요리를 배운 에스더가 앞치마를 두른 채 우리를 위한 만찬을 차려놓고 기다리고 있지 않을까 하는 부질없는 상상도 했다.

마침내 집에 도착해서 문을 열자 상상과 다른 현실이 눈앞에 펼쳐졌다.

집 안은 그야말로 최악이었다.

집은 크고 깊은 더러운 구덩이의 밑바닥 같았다. 화장실에 넣어둔 나무 톱밥이 온천지에 어질러져 있고, 집 안 곳곳에서 오줌 냄새가 났다. 냄새라기보다 악취에 가까웠다. 눈이 아플 정도의 지독한 냄새. 그야말로 재앙이었다.

갑자기 위가 아파 왔다. 데릭이 얼마나 화가 났을까. 결과는 뻔했다.

나는 이미 이런 순간을 여러 번 상상했다. 그런데도 에스더를 계속 데리고 살 수 있을까? 에스더는 얼마나 더 클까? 에스더가 우리 집은 물론 우리의 삶도 망칠 것 같았다. 에스더가 데릭과 나의 관계도 망치고 말 거야.

이제 와서 말이지만, 데릭은 초특급 깔끔맨이다. 데릭의 깔끔함은 강박증에 가까울 정도이다. 주변이 조금만 지저분해도 데릭은 힘들어한다. 엉망진창인 상태가 되면 참지 못하고 폭발한다. 그 상황을 자신이 해결할 수 없을 때면 더하다.

그런데 지금은 우리가 살면서 본 적 없는 엉망진창인 상태였다.

평소의 우리 집, 우리 삶과는 전혀 딴판인 세상. 데릭은 금방이라도 눈물을 흘릴 것 같았고, 나도 충격을 받았다. 데릭은 화가 난 것이 아니라 실망한 것이었다. 나도 견디기 힘들었다. 짧은 시간에 집을 이렇게 엉망으로 만든 게 화가 났고, 레타에게도 내심 서운했다. 우리가 와서 치워야 한다는 것을 알면서도 청소 한 번 안 하고 이런 상태로 방치하다니. 레타도 그걸 눈치 챘는지 나를 언짢은 눈빛으로 힐끗 보고는 가 버렸다.

나는 매일 데릭이 오기 전에 에스더의 똥오줌을 감쪽같이 치웠지만 지금은 빼도 박도 못하는 상황이었다.

우리가 난장판으로 걸어 들어가는 동안 에스더는 상황 파악을 못하고 우리의 발 뒤를 졸졸 따라다녔다. 에스더의 미소는 빛났고, 언제나 그렇듯 즐거운 에너지와 호기심으로 가득했다. 하지만 나는 에스더를 불안하게 쳐다봤다. 철저하게 실패했다는 처참한 기분이 들었고, 내 잘못으로 에스더가 당할 고통에 미안했다.

누구도 집에 들어갔을 때 인정사정없이 풍기는 동물 악취에 습격 당하기를 원하지 않는다. 특히 깔끔한 데릭에게 이런 상태의 집이 자기 집이라는 걸 받아들이는 건 가혹한 일이다. 부동산 중개업자인 나는 냄새 나는 집을 많이 다녀봤는데 집 주인은 자기 집에서 이상한 냄새가 난다고 믿지 않는다. '딱 똥통이군.'이라고 생각할 만큼 지저분한 집을 보러 간 적도 있는데 그 집 주인도 자기 집에서 냄새가 난다고 생각하지 않았다. 그런데 지금 우리 집이 딱 그 똥통이다.

더 이상 당황할 일이 없다고 생각하며 지하실로 내려갔다.

우리가 집을 비운 기간은 겨우 사흘이다. 그런데 지하실 바닥에는 오줌이 흥건했고 나무 톱밥이 사방에 널려 있고 역겨운 냄새로 가득했다. 지하실 바닥은 마감이 되어 있지 않아서 목재가 오줌에 흠뻑 젖어 있었다.

데릭은 청소용품을 손에 쥐고 바로 엎드리더니 청소를 하기 시작했다. 오줌에 흥건하게 젖은 에스더의 침대, 화장실, 장난감을 치웠다. 그러는 사이 데릭도 오줌에 흥건하게 젖었다. 데릭은 소독제와 탈취제까지 써가며 오물을 깨끗하게 닦아냈다.

걸레를 집어 들면 오줌이 뚝뚝 떨어졌다. 데릭의 얼굴에는 당혹스러운 표정이 역력했다. 나는 아무 말도 하지 않았다. 그게 그나마 이 상황을 악화시키지 않을 거라고 생각했기 때문이다. 데릭에게 미안하다는 말조차 할 수 없었다.

인정하고 싶지 않지만 우리는 졌다. 이런 식으로 더 이상 에스더와 살 수 없었다. 데릭도 나와 같은 생각을 하고 있는 것이 확실했다. 데릭은 내가 결정을 내리기를 바라고 있을 것이다. 내가 나서서 에스더를 보내자고 결정한다면 데릭은 곧바로 동의할 것이 확실했다.

다시는 겪고 싶지 않은 우울한 순간이었다. 나는 에스더를 살펴보기 위해 위층으로 올라갔다. 에스더와 내가 대화를 할 수 있기를 바라면서, 집에서 계속 오줌과 똥을 싸게 되면 집에서 쫓겨날 수 있음을 잘 설명할 수 있기를 바라면서.

나는 에스더를 바라보면서 텔레파시를 보냈다. 사람은 극단적인 상황에 놓이면 못할 일이 없다.

"에스더, 상황이 점점 더 심각해지고 있어. 네가 지금처럼 살면 안 좋은 일이 생길 거야."

나는 녹초가 되었다. 에스더를 보고 있었지만, 온 신경이 데릭에게 가 있었다. 사랑하는 사람이 온몸을 오줌에 적시며 지하실에서 기어 다니고 있는 것은 전적으로 내 잘못이었다. 나는 계단에 앉아 뒷마당을 바라보며 흐느껴 울기 시작했다. 절망적이었다.

솔직히 그동안에도 혼자서 많이 울었다. 초반에는 치우고 청소하는 일이 다 내 몫이어서 너무 힘들어서 울었다. 그러면서도 지친 모습을 데릭에게 보이고 싶지 않아 자신 있는 척, 태연한 척했다.

내가 힘들어서 울고 동요하는 걸 데릭이 알면 에스더를 없애자고 할까 봐 힘든 것을 더 숨겼다. 나는 에스더를 잃을 수 없었다. 에스더를 잃는다고 생각하면 견딜 수 없었다.

우리는 지하실을 청소하느라 위층과 아래층을 오르락내리락했다. 마침내 긴 청소가 끝나고 소파에 털썩 앉았지만 둘 다 아무 말도 하지 않았다. 어떤 일이 일어날지 알았기에 말을 꺼내는 것이 무서웠다. 드디어 데릭이 내 쪽으로 몸을 돌렸다. 둘 다 알고 있지만 꺼내기 힘든 이야기를 해야만 했다. 나만큼 에스더를 사랑하는 데릭도 슬플 것이다.

"이제 어떡하지?"

데릭이 말을 꺼내자마자 둘 다 흐느껴 울기 시작했다. 꽤 오랜 시간 상황이 악화되어 왔고, 그동안 우리는 서로에게 감정을 숨기기에 바빴다. 나 혼자만 몰래 운 게 아니었다. 데릭도 나와 같은 마음이었다. 하지만 감정이 어떻든 이제는 결론을 내야 했다.

이제 에스더와는 함께 살 수 없었다.

나는 몸을 동그랗게 말고 바닥에 엎드려서 아이처럼 엉엉 울었다. 내 울음소리에 깜짝 놀란 셸비와 루벤이 달려와 나를 살폈고, 고양이들은 웅크린 내 등으로 기어 올라갔다. 데릭도 바닥으로 내려왔다. 우리는 집 안의 모든 반려동물에게 둘러싸여 소리 내어 엉엉 울었다.

그 상태로 얼마나 오래 있었는지 기억이 나지 않는다.

묘한 기분이 들었다. 뭔가 죽어서 떠난 기분이었다.

즐거웠다. 웃고 떠드는 재미가 아니라 예상하지 못한 일에 즐거웠다. 나도 데릭도 에스더와 헤어지지 못하겠다는 서로의 마음을 확인한 순간이었다. 최악의 상황이 이런 순간을 만들다니!

집을 엉망진창으로 만들어 놓은 에스더의 만행은 우리를 비참하게 만들었다. 하지만 비교할 수 없을 정도로 더 비참한 일은 에스더와 헤어지는 것이었다. 그건 생각할 수도 없는 애통함이었다.

우리는 에스더의 배변 문제를 무슨 수를 써서라도 해결하기로 마음먹었다. 에스더 없이는 살 수 없으니 그래야 했다. 죽기 살기로 해보기로 했다.

새로운 화장실 훈련 작전은 일단 화장실을 없애는 것이었다. 그리고 20분마다 에스더를 마당에 데리고 나갔다. 에스더가 나갈 마음이 없다고 해도 그건 중요하지 않았다. 시계가 20분이 지났다고 가리키면, 우리는 무조건 밖으로 나갔다. 무조건!

그렇다. 비상식적이고 불편한 방법이지만 에스더의 버릇을 고칠 수만 있다면 뭐든 할 수 있었다. 전문가들은 소용없는 방법이고, 죽도록 고생만 할 거라고 했지만….

에스더가 밖에 나가서 오줌을 쌀 때마다 간식으로 보상을 했다. 에스더는 자기를 돕는 우리를 도왔다. 시간이 되면 에스더는 문 앞으로 가서 밖으로 나가야 한다고 우리에게 알렸다. 에스더가 볼일을 보면 간식을 주었고, 나갈 필요가 없는 것 같을 때도 시간이 되면 에스더와 나갔다.

그러자 영리한 에스더는 이 방법을 이용하기 시작했다.

'밖에 나갔을 때 쪼그려 앉아서 오줌을 싸면, 나는 간식을 먹을 수 있어.'

20분 간격은 10분이 되기 시작했다. 에스더는 밖으로 나가서 오줌을 아주 조금씩 쌌다. 한 번에 끝내지 않고 말이다. 요령 있게 잘 하면 10분마다 맛있는 간식을 먹을 수 있는 절호의 기회를 잡은 것이다. 그런데도 한동안 이 방법을 계속 시도했다. 우리의 궁극적 목적은 에스더가 밖에서 볼일을 보는 것이었으니까.

하다하다 마침내 에스더는 우리 머리 꼭대기에 올라앉았다.

에스더가 문으로 가서 오줌이 마려운 것처럼 울면 우리는 에스더와 마당으로 나가고, 에스더는 쪼그리고 앉아서 오줌을 싸는 척한다. 그리고 스스로 뿌듯해하며 어서 간식을 달라고 올려다본다. 그런 에스더가 웃기기도 하고, 얄밉기도 해서 녀석의 얼굴을 보며 매번 웃었다. 에스더의 영리함에 혀를 내두를 지경이었다. 하지만 밤에는 힘들었다. 특히 새벽 3시에 간식이 먹고 싶은 에스더는 마치 오줌이 마려운 것처럼 우리를 깨웠고, 속옷 차림으로 에스더를 따라 나간 우리는 그제서야 에스더가 우리를 속였다는 것을 깨달았다. 그래서 우리는 간식 보상 방법을 전면 중단했다. 감사하게도 똑똑한 에스더는 자신의 속임수가 더 이상 통하지 않는다는 것을 곧 알아차렸다.

4장
돼지가 사랑한다고
말하는 방법

"너를 본 순간 나는 사랑에 빠졌고, 그것을 알아차린 너는 웃었지."

- 윌리엄 셰익스피어

기름범벅
사건

　　　　　데릭과 나는 집 인테리어에 자부심을 갖고 있다. 화려한 저택은 아니지만 집을 꽤 깔끔하게 유지한다. 물론 정확히 말하면 데릭이 유지한다. 유쾌하고 펑키한 스타일의 집 안 인테리어, 예쁘고 아기자기하게 꾸민 정원, 동네에서 가장 보기 좋게 관리된 잔디. 이 정도면 자부심을 가질 만하다. 물론 잔디 자부심이 큰 이웃집 롤프 씨가 이의를 제기할 수도 있지만. 갑자기 손님이 왔을 때 집을 치우느라 야단법석을 떨지 않아도 될 만큼 깨끗하고 깔끔하다. 무엇보다 우리는 사람들이 집에 놀러오는 것을 무척 좋아한다. 에스더가 오기 전까지 우리 집 작은 동물원의 구성원인 개, 고양이는 각자 잘 살고 있었고, 데릭과 나도 마찬가지였다.

　하지만 에스더가 자라면서 많은 것이 바뀌었다. 에스더는 자기가 들어갈 수 있는 곳과 들어갈 수 없는 곳을 배워야 했고, 우리는 거기에 맞춰서 집 안팎의 배치를 다시 해야 했다. 어느 날 테이블 끝에 있던 램프가 툭 떨어졌다. 테이블 밑의 공간이 좁아 에스더가 몸을 돌리면서 테이블을 건드렸기 때문이다. 우리는 '램프는 테이블 위에 있으면 안 되겠네.' 결론지었다. 우리는 에스더의 몸집을 기준으로 떨어뜨리고 넘어뜨릴 수 있는 물건을 재배치했다. 결과는 성공적이었다. 물건의 위치를 바꾸었더니 모든 것이 좋아졌다. 한때 집 안 인테리어에 자부심을 가졌던 우리이지만 물건에는 큰 애착이 없었다. 아니, 애착을 버렸다고 해야 맞는 말일까.

어쨌든 물건 재배치는 에스더와 살아가면서 반복되는 일상 중 하나였다. 에스더가 박살낼 것 같아 재배치를 끝내고는 이 정도면 훌륭해할 때쯤 에스더는 보란 듯이 뭔가를 툭 쳤다. 램프를 여기에 두느냐 테이블 끝에 두느냐의 문제가 아니었다. 집이 완전히 망가지기 전에 완벽한 '에스더 말썽 차단 집'으로 개조해야 했다.

에스더를 혼자 두고 잠깐 쇼핑을 하고 온 날, 나는 '에스더 말썽 차단 집'이 절실함을 뼈저리게 깨달았다. 그날 나는 하루 종일 집에 있었다. 집을 청소하고 마당일을 하고, 데릭이 부탁한 일도 하고, 스스로 잘했다고 칭찬하고 말썽을 부리지 않은 에스더도 칭찬했다. 완벽한 날이었다. 저녁에 맛있는 것을 데릭에게 해 주고 싶었지만 에스더가 걱정이었다. 하지만 필요한 것만 후다닥 사서 돌아온다면 집을 오래 비우지 않으니 별일 없을 거라 생각했다. 맛있는 저녁으로 하루가 마무리되면 빨간 체리로 장식한 아이스크림처럼 정말 완벽한 하루 아니겠는가.

나의 허세였다.

아무 일 없을 거라고 믿으며 장을 보러 갔고, 돌아올 때만 해도 기분은 최고였다. 차가 없는 것을 보니 데릭은 아직 돌아오지 않은 모양이었다. 현관문에 열쇠를 꽂고 돌린 다음 현관문을 열었다. 그런데 에스더가 없었다. 무슨 일이지? 데릭이 에스더에게 사라지는 마술을 가르친 걸까?

어쨌든 양팔 가득 쇼핑백을 들고 있던 나는 일단 안으로 들어갔다. 그런데 뭔가 이상했다. 우리 집이 이렇게 깨끗했던가? 내가 청소를 하기는 했지만 이건 깨끗하다 못해 광이 나는 것 같은데 하면서 잠시 감탄을 했다.

자세히 보니 집 전체가 번들번들 광이 나고 있었다. 마치 청소 전문 업체에서 청소를 한 후의 광택 같았다. 의심스러운 눈으로 자세히 보니 그게 아니었다. 그런 광택이 아니라 기름범벅이 되어 번들거리는 것이었다. 왜 갑자기 집 전체가 번들거리는 거지? 곧 광택의 정체를 알아냈다. 3.5킬로그램짜리 마졸라 기름의 광택! 콜레스테롤 함량 제로의 요리용 기름.

대단한 에스더! 어떻게 했는지 지금도 모르지만 에스더는 손잡이가 달린 거대한 식물성 기름통을 쓰러뜨린 후 뒹굴어서 온몸에 기름이

번들번들한 상태로 돌아다녀서 온 집 안의 바닥과 벽을 온통 기름으로 덮어 버렸다. 벽에서는 기름이 뚝뚝 떨어지고 있었다. 식물성 기름을 가득 실은 유조선이 지나가다가 우리 집에서 기름 유출 사고를 낸 것 같았다. 엄청나게 큰 기름통은 쓰러져 있었고, 에스더가 범인이라는 증거는 사방에 널려 있었다. 아마도 이건 CSI 역사상 가장 쉬운 사건일 것이다. 범죄 현장에서 빠져나가 도망친 것이 명백한 범인 에스더는 으레 그렇듯 물건 위에서 뒹군 것이 분명했다. 부엌과 거실 사이의 벽면 모서리가 기름으로 반지르르했다. 에스더가 몸을 문지른 게 확실했다.

가만히 서서 피해 상황을 점검하다가 갑자기 심장이 철렁 내려앉았다. 불길한 질문이 떠올랐다.

지금, 에스더는 어디 있는 거지?

나는 쇼핑백을 내려놓고, 기름 흔적을 따라갔다. 기름은 복도를 지나 침실 문 앞에 다다랐다. 발굽이 기름으로 범벅이 된 용의자를 추적하는 일은 누워서 떡 먹기였다. 하지만 그다음은 상상하기도 싫었다. 침실 문 앞에서 나는 눈을 감고 조용히 기도했다.

제발 에스더가 침대 위에 누워 있지 않기를,

제발 에스더가 침대 위에 누워 있지 않기를,

제발 에스더가 침대 위에 누워 있지 않기를, 제발!

침실 문을 열었다. 에스더가 어디에 있었을까?

에스더는 침대 위에서 얼마나 정성껏 굴렀는지 침대 커버 한 군데도 빠뜨리지 않고 구석구석 완벽하게 기름을 발라 놓고는 쿨쿨 자고 있었다. 침대 모든 곳에 기름이 묻어 있었고, 모든 곳이 반들거렸다. 그 와중에 코까지 골며 잠든 에스더. 얼굴에는 완벽하게 만족한 웃음이 번지고 있었다. 깨우려고 했는데 깨우면 미안할 정도로 곤하게 잠든 얼굴이었다. 하지만 나는 에스더를 깨웠다.

돼지와 씨름을 해본 사람이 있을지 모르겠지만 그건 꽤 힘든 일이다. 아이들이 울타리를 쳐놓은 진흙 구덩이에 들어가서 진흙투성이인 돼지를 잡는 게임이 있는데, 해본 사람이면 알겠지만 생각보다 꽤 힘이 든다. 반면에 구경하는 사람은 꽤 재미있다. 바로 그랬다. 진흙 대신 기름일 뿐 돼지를 잡는 게임이었다. 젠장, 코까지 드르렁 드르렁 골면서 깊이 잠든 에스더는 꿈쩍도 하지 않았다. 에스더는 어마어마하게 덩치가 큰 아가씨였고, 미끄러운 바닥에 서서 미끌거리는 돼지를 안아서 다른 곳으로 옮기는 건 쉬운 일이 아니었다. 누가 보면 슬랩스틱 코미디를 하는 줄 알았을 것이다.

단잠을 방해받은 에스더가 눈을 떴다. 이리저리 미끄러지고 나둥그라지며 침대에서 자기를 밀어내려고 애쓰는 나를 보며 에스더는 꿈쩍도 하지 않았다. 눈을 끔뻑끔뻑하더니 "꿀꿀." 한 마디를 하고는 다시 잠에 빠져들었다.

분명한 것은, 에스더와 내가 '째깍째깍' 소리가 들리며 긴장감이 증폭되는 영화나 드라마 속 주인공과 같은 상황에 놓였다는 것이다. 예를 들면 이런 것과 같은, "소행성이 지구와 충돌하기 전에 서둘러라!", "폭탄이 터지기 전에 서둘러라!", "고층 건물이 무너지기 전에 서둘러라!"

우리에게는 '데릭이 집에 오기 전에 서둘러라!'였다.

내게는 죽느냐 사느냐의 상황이었다. 집은 재앙 그 자체였고, 나는 저녁 준비를 시작도 못했는데, 데릭은 곧 집에 도착할 것이다. 자신이 얼마나 큰 피해를 끼쳤으며, 매초마다 제크의 콩나무처럼 나의 분노가 쑥쑥 자라고 있음을 전혀 모른 채 코를 골며 돼지꿈을 꾸고 있는 에스더가 내 앞에 있었다.

나는 에스더의 풍만한 몸 아래로 팔을 억지로 쑤셔 넣고는 어찌됐든 에스더를 옮기려고 애썼다. 그런데 에스더는 내가 놀자고 하는 줄 알았나 보다. 에스더는 나와 레슬링을 시작했다. 작가 조지 버나드 쇼가 이런 말을 했다지. "나는 오래전에 돼지와 레슬링을 하면 절대 안 된다는 것을 배웠다. 돼지와 레슬링을 하면 더러워지는데 돼지는 레슬링을 좋아한다." 딱 맞는 말이다.

에스더와 낑낑대면서 레슬링을 하다가 내 인생이 왜 이 모양이지라는 생각이 들어 웃음이 나기 시작했다. 화가 난 게 아니었다. 에스더는 일부러 말썽을 피운 게 아니니까. 그런데 왜 나는 기름을 뒤집어쓴 돼지와 침대에서 레슬링을 하고 있는 걸까.

마침내 나는 에스더를 침대에서 끌어냈고, 미친 사람처럼 정신없이 움직이기 시작했다. 새로운 문제가 생겼다는 것을 데릭이 모르기를 바랐다. 이런 일은 이번 한 번뿐일 테니까. 설마 에스더가 기름을 뒤집어쓰고 온 집 안을 번들거리게 하는 사고를 또 치겠는가. 그러니 오늘만 감쪽같이 넘어가 주기를! 나는 데릭이 현관에 도착하기 전에 번들번들한 범죄 현장을 인테리어 잡지에 실린 멋진 사진처럼 바꿔 놓아야 했다.

먼저 부엌을 치우고, 복도, 벽, 침실을 차례로 치웠다. 부엌을 치우는 동안 침대 시트를 세탁기에 넣고 돌렸다. 깨끗한 시트를 꺼내 새로 깔고, 집을 청소했다. 정말 미친 듯이 치웠고, 마침내 해냈다.

한 가지만 빼고 말이다. 저녁 식사를 준비할 시간이 없었다. 어쨌든 적어도 집은 깨끗해졌으니 다행이라고 해야 하나.

에스더가 저지른 만행은 헤아리기도 힘든데 그중 최악 겨루기를 한다면 1등은 뭘까? 무척 경쟁이 치열하겠지만 기름범벅 사건은 단연코 최고 순위일 것이다.

파스타를 훔치기 위한
3단계 작전

에스더가 밖에서 오줌을 싸려면 누군가 집

에 하루 종일 있어야 한다. 개나 고양이가 자유롭게 들락날락하는 반려동물 출입문은 있지만 세상에 반려돼지 출입문은 없기 때문이다. 친구를 집에 초대할 때도 준비가 필요했다. 친구와 친구의 소지품을 안전하게 지켜야 했기 때문이다. 에스더가 손님의 가방, 지갑, 배낭 등을 뒤지기 때문에 친구들과 와인을 마시며 즐기면서도 긴장 상태를 유지해야 한다.

에스더 때문에 신경쓸 게 많아졌지만 당연하다고 생각했다. 우리도 돼지를 키우는 게 새로운 경험이지만 에스더 역시 사람과 함께 집 안에서 산다는 것이 새로운 일일 테니까.

에스더는 점점 자랐고, 새로운 환경에 적응하는 법을 계속 배워야 했다. 에스더는 환경에 적응하고 우리 또한 새로운 상황에 잘 대처해야 했다. 우리는 특히 먹는 것과 관련된 상황에 잘 대비하려고 했다.

우리는 쓰레기통을 신축성 있는 고무 끈으로 고정하여 에스더가 넘어뜨리지 못하게 했다. 사람 아기용 울타리도 설치했고, 냉장고 문에는 테이프를 붙여서 에스더가 열지 못하게 했다. 에스더가 서랍을 쉽게 열어 위험한 것들은 다른 곳에 보관했다. 물론 노력했지만 깜빡 잊고 찬장 문을 꽉 닫지 않은 날이면 에스더는 그런 순간을 절대 놓치지 않았고, 3만 원짜리 시리얼을 바닥에 쏟는다.

에스더가 흥미를 갖기 시작하면 그게 무엇이든 기어이 에스더의 손아귀에 들어간다. 그리고 에스더의 손에 한 번 들어간 것은 절대 뺏을 수 없다. 에스더는 고기를 문 개로 변한다. 어렵게 쟁취한 고기를 입에 문 크고 힘세고 영리란 개로. 이미 게임은 끝났고, 청소 준비를 해야 한다. 자기 것을 뺏길 거라고 생각하는 순간 에스더는 공황상태가 되어서 봉지든 상자든 입에 물고 흔들며 도망가기 때문에 내용물이 여기저기 떨어지기 때문이다. 집 안은 순식간에 난장판이 되고 에스더를 멈추게 할 방법은 없다.

사실 에스더가 저지르는 말썽은 그 자체로는 별 게 아니다. 의자를 넘어뜨리고, 음료를 바닥에 쏟는 정도이니 사건 하나로는 감당할 만하다. 하지만 시간이 지날수록 여러 개의 사건이 엎친 데 덮친 격으로 동시에 일어나서 좀 힘들긴 하다.

에스더가 저지르는 일은 내가 조금 더 잘 감당했다. 데릭은 티끌 하나 없는 깔끔한 집에서 자랐다. 부모님이 깔끔한 성격이었고, 데릭은 그런 부모님의 가르침을 잘 따르는 착한 아들이다. 데릭네 집은 언제나 깨끗하고 망가진 물건은 바로바로 고친다. 임시로 테이프를 붙이는 것이 아니라 제대로 수리를 한다. 바닥에 떨어진 음식을 주워 먹어도 될 정도로 깨끗한 집이다. 그러니 데릭으로서는 에스더와 사는 이 집이 감당하기 쉬운 것이 아니었다.

가장 큰 문제는 데릭이 한숨 돌릴 틈이 없다는 것이다. 에스더는 사고를 쳐서 우리를 깜짝깜짝 놀라게 했다가, 어느 날은 완전무결한 천사가 되었다가, 문제없이 행동해서 '우와, 에스더가 이제 깨달았구나!'

라고 생각하게 만들었다가, 다음 날 바로 뒤통수를 치기 때문이다. 25킬로그램짜리 쌀 포대를 부엌 바닥에 내동댕이친 적이 있는데 몇 달이 지난 지금도 우리는 숨겨놓은 부활절 달걀을 발견하는 것처럼 예상치 못한 곳에서 쌀알을 발견하곤 한다. 청소를 하다가 벽에 걸린 액자에서 에스더가 몇 주 전에 과격하게 흩어 버린 곡식 낱알을 발견한 적도 있다. 우리는 에스더에게 집 안에서 잘 살아가는 방법을 가르쳐 주려고 애썼지만 늘 시행착오였다.

에스더는 내내 우리를 가지고 놀았다. 어이없게도 에스더는 지적이고 사람을 조종하는 능력이 있는 녀석이다. 에스더를 두 단어로 설명한다면 '영리함'과 '주도면밀함'이다. 돼지가 개나 고양이보다 영리하다고 말하곤 하는데 정확히 말하면 영리한 것 그 이상이다. 음식을 훔쳐 먹으면 혼난다는 걸 안 에스더는 그만두는 대신 발각되지 않고 도망치는 법, 들키지 않고 훔쳐 먹는 법을 생각해 냈다. 에스더는 치밀했다. 유명 절도범이라도 에스더에게 배울 점이 분명 있을 것이다.

어느 날, 거실에 앉아 TV를 보던 우리는 에스더가 뭔가 바쁘다는 것을 알아차렸다. 거실과 부엌 사이에는 작은 벽이 있어서 에스더를 볼 수는 없지만 바스락거리는 소리는 들을 수 있었다. 궁금해서 살살 걸어가 보니 에스더가 찬장 문을 연 상태였다. 그런데 아무것도 꺼내지 않고 부엌에서 나오더니 거실을 돌아다녔다. 나는 에스더를 쫓아다니는 게 아니라 그냥 어슬렁거리는 척하면서 힐끗힐끗 곁눈질로 에

118

스더를 살폈다. 몇 분이 지나자 에스더가 다시 부엌으로 들어갔고 음식이 담겨 있는 바구니를 잡아당겼다. 하지만 이번에도 역시 아무것도 꺼내지 않았고 잠시 후 다시 부엌에서 나왔다. 나는 부엌으로 가서 바구니를 찬장 안에 넣고 찬장 문을 닫았다. 그리고 거실로 나와 의자에 앉았다. 가만히 생각해 보니 내가 오면 붙잡힌다는 사실을 안 에스더가 그 전에 달아난 것 같았다.

10분 정도 지나자 또다시 바스락거리는 소리가 들렸고, 역시 찬장 문이 열려 있었고, 에스더는 유유히 다시 부엌을 빠져 나가고 있었다. 우리는 모든 것을 볼 수 있는 위치에 앉아 에스더를 지켜보았다. 에스더는 참을성 있게 기다렸다가 부엌으로 돌아가서 바구니를 다시 잡아당겼고, 부엌에서 나왔는데, 빈 손, 아니 빈 발굽이었다.

데릭과 나는 서로를 쳐다보았다. 왜 아무것도 갖고 나오지 않지? 에스더가 뭘 하는 거지?

우리는 차분히 기다렸다. 15분쯤 지나자, 에스더는 더할 나위 없이 차분한 상태로 나타나서, 느긋하고 태연하게 부엌으로 걸어들어 가더니 쿵! 바구니에서 파스타가 들어 있는 봉투를 꺼낸 후 복도를 따라 질질 끌고 갔다.

데릭과 나는 믿을 수가 없었다. 그러니까 우리 돼지가 파스타를 훔치기 위해서 3단계 작전을 펼쳤다고? 앞의 두 번은 우리를 안심시키기 위한 속임수였다고?

데릭과 나는 많은 반려동물과 살고 있는데 이런 녀석은 처음이었다. 에스더를 교육하는 일은 개를 교육하는 것과 또 달랐다. 에스더는 감정과 개성을 가지고 있는 지적 생명체이며, 언제 어떤 상황에서나 우리의 선입견에 도전하는 동물이었다. 에스더는 가끔 우리를 정말 화나게 했지만 사실은 존중받아야 하는 적수임을 여실히 증명했다.

물그릇 전쟁

에스더는 연기력도 뛰어나다. 공포 드라마 여주인공이 보여 주는 범인인 듯 아닌 듯한 연기의 돼지 버전을 아주 잘 재현해 낸다. 에스더는 고개를 자주 수그리고, 코를 마룻바닥에 바짝 붙인 채 어슬렁거리면서 마룻바닥에서 뭔가 주워 먹는 행동을 한다. 그런데 이런 행동을 버릇처럼 자주하다 보니 뭔가 훔쳐 먹는 행동인지 그냥 하는 행동인지 파악하기가 어렵다.

"라라라. 나는 서성거리는 돼지일 뿐이야. 정말이야. 절대 뭔가 뒤져 먹는 게 아니야. 나한테 관심 갖지 말아 줘."

이러니 우리가 어찌 에스더가 벌이는 사고에 골치 아파 하면서도 "우리 에스더 천재!"라며 감탄하지 않을 수 있겠는가. 물론 말썽을 피울 때만 천재성을 발휘하지만 말이다. 에스더는 사고를 치고 난 후에는 꼭 와서 안아 달라고 한다. 이러니 작은 집에서 커다란 돼지와 살며 아무리 짜증이 나도 사랑하지 않을 수 없다. 게다가 자고 있을 때 옆에 와서 자기 얼굴을 팔 아래로 밀어넣을 때면 그냥 녹아 버린다.

에스더는 관심과 애정이 필요한 덩치 큰 아기 같았다. 우리를 만나지 않았다면 에스더가 어떻게 살고 있을지 생각해 본 적이 있는데, 그날 이후로 우리는 더, 더, 더 에스더에게 최선을 다하기로 결심했다. 에스더와 사는 일을 순간의 짜증이 아니라 큰 그림 속에서 보기로 했다. 에스더는 그저 또 하나의 반려동물이 아니다. 누군가의 식사거리가 되기 위해서 태어난 존재를 구했다는 사실을 깨달을 때마다 에스더의 말썽 때문에 생기는 가벼운 두통쯤은 아무것도 아니었다. 끔찍한 돼지우리로부터 구해 낸 소중한 나의 가족.

우리는 에스더가 흡사 삽과 같은 코를 이용해서 집의 모든 곳에 들어갈 수 있고, 모든 것을 다 할 수 있다는 것을 깨달았다. 물그릇을 놓고 벌이는 에스더와의 전투는 그야말로 수상전이었다. 에스더는 물그릇을 휙 뒤집는 것을 재미있어했다. 에스더가 먹어야 하니 물을 많이 담을 수 있는 꽤 큰 물그릇이다. 에스더는 도대체 왜 이걸 재미있어하는지 모르겠다. 어쩌면 그냥 할 수 있으니까 하는 건지도 모른다. 개들이 자신의 은밀한 부분을 핥는 것처럼. 하여튼 에스더가 재미있어서 뒤집든 별 이유 없이 뒤집든, 물그릇이 뒤집어지는 순간, 집 안은 물바다가 된다.

처음에는 그리 심각한 문제라고 생각하지 않았다. 물그릇에 물이 많이 담겨 있지 않으면 되니까. 그래서 그릇의 물이 줄어들면 자동으로 물이 조금씩 공급되는 커다란 급수기를 사니 문제가 너무 쉽게 해결되었다. 급수기는 고무 끈으로 찬장에 고정시켰다. 그런데 고무 끈이 신축성을 잃고 느슨해져서 에스더가 코를 넣을 수 있는 공간이 생기자 상황이 바뀌었다.

에스더가 물그릇이 아니라 그 커다란 급수기를 뒤집어 버린 날은 정말 대단했다. 노아의 방주를 만든 노아도 이런 규모의 홍수에는 아무런 대비도 못했을 것이다. 물은 부엌과 거실 바닥으로 콸콸 쏟아졌고, 개와 고양이는 소파 위로 뛰어올라갔다가 침실로 살금살금 도망갔다. 셸비는 엄청난 충격을 받은 표정으로 그저 앉아 있었다. 에스더는 물난리의 한가운데 누워서 팔딱거렸다. 마치 인생 최고의 날인 것처럼. 에스더에게는 정말 그런 날이었을지도 모른다.

손재주가 좋은 데릭이 대응책을 마련했다. 데릭은 물그릇을 바닥에 나사로 고정시켰다.

"엎을 수 있으면 엎어보라고, 에스더."

데릭이 팔짱을 끼고 고정시킨 물그릇 앞에 서서 뿌듯해하던 모습을 나는 아직도 기억한다. 그리고 에스더가 나사를 빼 버리고 물그릇을 통째로 엎었을 때 보여 준 도저히 믿을 수 없다는 데릭의 표정도 생생하게 기억한다.

그다음 단계로, 우리는 에스더가 결코 뒤집을 수 없을 것이라고 믿은 폭 75센티미터, 깊이 8센티의 아주 크고 얕은 그릇을 준비했지만 결과는 마찬가지였다.

물그릇 전쟁을 멈추게 한 것은 생뚱맞게도 과일 주스였다. 물그릇 문제로 에스더와 전쟁을 치르던 어느 날 에스더가 음식을 깨작거렸다. 에스더가 음식으로 돌진하지 않다니 처음 있는 일이었다. 걸음걸이도 느렸고, 평소와는 달리 고개를 푹 숙이고 걸었다. 내가 아플 때 모습 그대로였다. 또 작게 꿀꿀거리기도 하고, 헉헉거리기도 하고 기운도 없어 보였다. 처음 보는 표정과 눈빛이었다. 내가 아는 행복한 돼지 공주님이 아니었다. 침울해 보였고, 밖으로 나가거나 탐색하는 일에도 흥미가 없었다. 그저 집 안을 천천히 서성거렸는데, 마치 길을 잃고 언짢은 기분으로 낯선 곳에 있는 모습이었다.

물 마시고, 수영을 좋아하는 에스더가 물도 전혀 마시지 않았다. 에스더가 더 이상 에스더가 아니라는 신호가 분명했다. 우리는 어찌할 바를 몰랐다. 에스더가 우리에게 원하는 게 뭔지 전혀 알 수 없었다. 다른 동물을 키울 때와 마찬가지로(사람 아기도 마찬가지일 것이다) 어디가 아픈지 직접 들을 수 없으니 난감했다.

수의사에게 전화를 걸었다. 수의사는 돼지도 사람처럼 감기 같은 것에 걸리기 쉬우며, 에스더가 감기 바이러스에 감염된 것 같으니 수분을 충분히 공급해 주라고 했다. 그때 어디선가 읽은 정보가 떠올랐다. 돼지가 탈수 상태가 되면, 물그릇에 주스 몇 방울을 떨어뜨려 주라는 정보였다. 그 말대로 하자 에스더가 다시 물을 마시기 시작했고, 더 신기한 건 물그릇을 엎지 않게 되었다는 것이다. 우리는 계속 물에 주스를 넣었고, 몸 밖으로 바이러스가 왕창 빠져나갈 만큼 에스더는 물을 많이 마셨다.

에스더는 다시 행복하고 건강한 꼬마 공주님으로 돌아왔다. 에스더가 평상시의 모습으로 돌아오자 우리는 물에 과일 주스를 타 줄 필요가 없다고 생각했다. 그래서 주스 타 주기를 멈추자 에스더는 바로 물 마시기를 거부했다.

그게 다가 아니다. 에스더는 다시 물그릇을 엎기 시작했다. 주스를 넣어 주면 에스더는 예쁜 공주님이었고, 맹물을 주면 다시 나쁜 돼지가 되었다. 엎어진 물그릇과 못된 얼굴이 두 아빠를 빤히 쳐다보았다.

그때부터 지금까지 우리는 에스더의 물에 늘 주스를 조금 타 준다. 주스 몇 방울 덕분에 모두 행복하니 되었다. 누가 누구를 훈련시킨 것인지 모르겠지만 잘 해결되었으니 그걸로 되었다. 물그릇 전쟁에서 우리가 이긴 걸까, 에스더가 이긴 걸까?

에스더가
사랑한다고 말한다

물그릇뿐일까. 싱크대 위에 음식을 올려놓
으면 어떤 일이 벌어질지 대형견과 사는 사람들은 안다. 너무나 뻔하
니까. 하지만 에스더가 싱크대 위에 있는 음식을 먹을 수 있다고는 단
한 번도 생각하지 못했다. 그날, 부엌으로 걸어들어 갔을 때 에스더가
몸을 세워서 쭉 뻗은 상태로 두 발굽을 싱크대 위에 올리고, 거의 싱
크대에 올라간 포즈로 식료품이 담긴 종이봉투 안에 코를 넣고 휘젓
고 있었다. 나는 기절할 지경이었다,

"에스더!"

나는 소리를 꽥 질렀고, 에스더는 깜짝 놀랐다.

우리는 가능한 한 에스더를 놀라게 하지 않는다. 놀라면 다른 사고
를 칠지도 모르니까. 그런데 이번에는 나도 너무 놀란 나머지 소리를
지르고 말았고, 놀란 에스더는 달아나려고 하다가 싱크대에서 떨어지
는 꼴이 되었다. 어쨌든 별 사고 없이 에스더는 깜짝 놀라서 꽁지가
빠지게 달아나 버렸다. 덕분에 싱크대 앞쪽이 부서졌다.

냉장고 역시 무사하지 않았다. 에스더가 하루에 30번씩 열어 재끼
니 문이 버틸 재간이 없었다. 냉장고 아래 칸에 음식을 보관한다는 걸
아는 에스더는 냉장고를 절대 포기하지 않았다.

에스더의 기억 속에 냉동시킨 풋콩은 하늘에서 춤추는 달콤한 알사

탕이겠지만 우리는 아니다. 그날 에스더는 냉장고 문을 열고 아래 칸에 넣어둔 냉동 풋콩이 든 종이봉투를 꺼냈고, 그걸 본 우리가 잽싸게 달려갔다. 한동안 종이봉투의 한쪽 끝을 문 에스더와 반대쪽 끝을 잡은 우리의 대치가 계속되었다. 에스더도 우리도 종이봉투가 찢어질 때까지 종이봉투를 필사적으로 잡고 있었다. 그러다가 어느 순간 봉투가 찢어지면서 냉동 풋콩이 솟구쳤다가 공중에서 흩어지면서 후드득 떨어졌다. 하늘에서 풋콩 비가 내리는 것 같았다. 오, 할렐루야!

그렇다. 에스더는 싱크대 위에 올라갈 수도 있고, 냉장고 문을 열어 아래 칸의 음식을 꺼낼 수도 있고, 수납장의 아래 칸에 들어갈 수도 있다. 그래서 냉장고 아래 칸은 잠가 두어야 하는데 가장 좋은 방법은 냉장고 맨 아래 칸을 그냥 비워 두는 것이다.

에스더와 살면서 얻은 궁극적인 교훈은 이것이다.

'에스더가 좋아하는 것은 어떤 것도 부엌에 두어서는 안 된다.'

우리는 이사하는 날에도 냉장고 문이 박스 테이프로 단단히 닫혀 있는지 수시로 확인해야 했다. 에스더는 냉장고 안에 뭐가 있는지 다 알면서도 매 시간마다 먹을 것이 있는지 확인하려고 냉장고 문을 여는 사람과 꼭 같았다. 마치 마법에 걸려서 한 시간 사이에 냉장고 안에 맛있는 게 꽉 차 있기를 바라는 것처럼 말이다.

에스더와는 늘 잔머리 싸움이다. 에스더는 뭐든 빨리 터득했고 늘 우리보다 한 발 앞섰다. 에스더가 문을 열지 못할 정도로 강력한 박스

테이프를 발견한 날 우리는 너무 좋아서 방방 뛰었다. 그런데 에스더는 몇 번의 시도 끝에 곧 냉장고 문을 활짝 열어 버렸다. 냉장고 문만이 아니라 다 이런 식이었고, 우리는 에스더와 게임을 하는 것 같았지만 상대가 영리해도 너무 영리했다. 그래서 우리는 시시한 게임이라도 에스더에게 이기면 무척 행복해했다. 이렇게 우리는 작은 행복을 느끼며 에스더와 사는 것에 적응해 갔다.

에스더가 얼굴을 최대한 가까이 들이밀고 비빌 때면 그건 에스더가 사랑한다고 말하는 것이다. 세상에 그보다 좋은 게 또 있을까. 에스더는 사랑받을 가치가 있는 존재이다. 아니, 그 이상이다.

5장
에스더 효과

"어떤 생명은 덜 중요하다는 생각, 이것이 모든 악의 근원이다."

- 폴 파머Paul Farmer

에스더
페이스북 페이지

연말연시가 다가올 즈음 에스더의 몸무게는 이미 180킬로그램을 넘고 있었다. 연말연시는 사람들이 서로의 근황을 물어보는 시기이고 가족에게 손 편지를 쓰기도 하지만, 이제는 그럴 필요가 없는 세상이다. 사람들은 이미 SNS를 통해서 서로의 근황에 대해서 어느 정도 알고 있다. 하지만 우리의 지인들은 에스더에 대해서 잘 몰랐다. 에스더의 사생활을 지켜 주려고 사진도 거의 보여 주지 않았기 때문이다.

에스더를 철저하게 숨긴 이유는 우리가 사는 지역에서는 사육용 돼지를 키우는 것이 불법이었기 때문이다. 에스더가 발굽을 가진 농장 동물이기 때문에 이곳 지방법으로는 불법이었다. 각 지역은 동물을 키우는 것에 관한 다른 법을 가지고 있는데, 배가 볼록 나온 귀여운 돼지라 해도 발굽동물금지법 때문에 우리는 에스더의 존재를 거의 비밀에 부쳤다.

아만다가 에스더 입양을 권했을 때 바로 법규와 규정을 찾아보았고, 돼지를 키우는 일이 불법임을 알았다. 하지만 에스더가 아주 작은 미니돼지고, 계속 작은 상태로 있을 거라고 믿을 정도로 나는 충분히 바보였기 때문에, 에스더를 쉽게 숨길 수 있을 것이라고 믿었다. 그리고 만약에 그런 일이 생기면, 글쎄, 뭐, 용서를 구하면 될 거라고 가볍게 생각했다. 예를 들면, 아무것도 모르는 척하면 될 것 같았다.

"발굽을 가진 동물이라고 하셨나요? 지금 농담하시는 거죠? 돼지를 키우는 것이 불법인 줄 정말 몰랐어요."

에스더를 숨기려고 나무 울타리를 칠 계획을 세웠고, 반려견이 둘이나 있으니 슬쩍 들여다본 사람도 에스더가 강아지라고 여길 것 같았다. 푹 눌린 코를 가진 분홍색 강아지. 이웃과도 관계가 좋아서 이웃이 신고를 할 것 같지도 않았다.

계속 '쉿! 비밀이야.'를 유지하는 가운데, 오직 가까운 친구들과 직계 가족만 에스더를 직접 볼 수 있었다. 그러던 중 에스더의 소식만 전하는 페이스북 페이지를 하나 만들어야겠다는 생각이 들었다. 우리와 에스더가 함께 사는 모험을 지켜보고 싶은 사람들을 위한 페이지. 그곳을 통해서 에스더의 사진도 보고, 우리가 에스더와 함께 사는 모습도 보면 좋을 것 같았다. 우리라고 했지만 정확히 말하면 우리가 아니라 나다. 이번에도 데릭과 상의도 없이 나 혼자 페이스북 페이지를 만들었으니까. 저녁 외출을 하려고 준비하는 동안 나는 페이지를 뚝딱 만들었고, 자동차에 올라타서야 데릭에게 말했다.

돼지 전용 온라인 공간을 만드는 일이 웃기고 쓸데없는 일처럼 보일 수도 있지만, 우리가 에스더와 함께하는 삶을 가까운 사람들과 나누는 것은 우리에게 무척 중요한 일이다. 첫 번째 글은 별 거 아니었다. 페이지의 주제도 잡지 않은 상태였기 때문에 그냥 에스더가 집 안에 있는 사진을 올리고는 짧게 썼다.

"왜요? 집에서 사는 돼지 처음 봐요?"

어떤 목적이나 목표도 없는 글이었다. 이때만 해도 나는 내가 어떤 일을 벌인 것인지, 에스더 페이지가 앞으로 어떻게 될지 전혀 예상하지 못했다.

페이지를 만든 날은 2013년 12월 4일. 근처에 사는 이모님 댁에 식사를 하러 가기 위해 데릭이 옷을 입고 있는 동안, 나는 느긋하게 페이스북을 둘러보고 있었다. 그때 에스더의 페이지를 만들면 어떨까 하는 생각이 들었다. 부동산 홍보용 페이스북 페이지를 이미 운영하고 있어서 만드는 과정은 익숙했다. 나는 소파에 앉아서 스마트폰에 저장된 사진을 이용해서 에스더 페이지를 만들기 시작했다.

나갈 준비를 마친 데릭이 내 옆으로 와서는 발끝을 까딱거리며 어서 가자고 무언의 압박을 하면서 서 있었다. 나는 페이지 소개란에 마지막 글자를 입력하고 있었다. 그러고는 첫 번째 포스트를 올렸다. 사진 두세 장을 올리면서 내가 무슨 일을 하고 있는지, 누가 이 글을 읽을지 아무 생각도 없었다. 데릭은 당장 출발해야 한다며 문 앞에 서서 계속 재촉했다. 나는 급한 마음에 등록 버튼을 눌러 버렸다. 그게 끝이었다. 약속 시간에 늦은 우리는 이모님 댁을 향해서 달렸다.

나는 운전을 하다가 데릭에게 스마트폰을 꺼내 보라고 했다. 평소에는 운전기사가 된 것 같아서 내가 운전하는 동안에는 스마트폰을 보지 못하게 했는데 그날은 달랐다. 데릭에게 에스더 페이지를 자랑하고 싶어서 안달이 난 상태였다.

"에스더가 페이스북에 자기 페이지를 갖게 됐어."

내 말에 데릭은 혼란스러워했다.

"뭐라고? 에스더가 자기 페이스북 페이지를 만들었다는 거야?"

데릭은 그제야 집을 나서기 전에 내가 뭐에 정신이 팔려 있었는지 알아차렸다.

데릭은 페이지를 열고 소개란을 읽더니 이건 아닌 것 같다며 이것저것 수정하기 시작했다. 운전하면서 가는 동안 데릭은 큰 소리로 댓글을 읽어 주었고, 우리는 함께 웃었다. 우리는 페이지 설정에 대해서 의논했다. 카테고리를 '반려동물'로 할까 '유명인사'로 할까 고민하다가 '반려동물'로 결정했다.

그리고 앞으로 무슨 일이 벌어질지 우리는 전혀 예상하지 못했다.

이모님 댁에 도착할 때쯤, 이미 100명에 가까운 사람이 에스더 페이지를 팔로우했다. 자동차로 이동하는 45분 사이에 일어난 일이다. 도대체 어떤 사람들이 '좋아요'를 누르고, 댓글을 쓰는 걸까? 어떻게 이렇게 반응이 빨리 오는 걸까? 저녁식사를 끝낼 때쯤에는 150명 넘게 '좋아요'를 누른 상태였다.

"어라? 엄청 빠른데….."

나는 잔뜩 신이 나서 에스더 페이지를 이모부에게 보여 드렸다. 이모부는 내가 에스더 페이지를 만들어서 보여 주고 싶었던 사람 중 한 분이었다. 이모부도 도대체 누가 '좋아요'를 눌렀는지 궁금해했다.

이모와 이모부는 모두 초특급 유머 감각의 소유자이다. 이모부는 세상에서 한 번도 들어본 적 없는 재미난 이야기보따리를 가진 분이고, 이모는 이모부의 이야기에 만점짜리 호응을 보내는 관객이다. 이모와 이모부는 우리가 친구에게 사기를 당해 엄청 작은 집에서 엄청 큰 돼지와 살게 된 것을 재미있고 즐겁게 받아들여 주었다. 이모와 이모부는 농담처럼 늘 두 분이 에스더의 대부모라고 말씀하신다.

나는 저녁식사를 하면서 사진 한 장을 더 첨가한 후에 반응을 기다렸다. 잊고 있었던 오랜 친구는 물론 전혀 알지 못하는 많은 이름이 화면에 나타났다. 이모네 집을 떠날 때쯤 에스더 페이지는 거의 300명으로부터 '좋아요'를 받았다. 다음 날 아침에는 1,000명이었고, 그 다음 날에는 2,000명이었다. 그 이후에는 헤아릴 수 없을 정도로 급상승했다.

데릭과 나는 무슨 일이 있어났고, 왜 이런 일이 일어났는지 이해할 수 없었다. 초기 팔로워는 에스더 페이지를 공유한 토론토 돼지구조협회Toronto Pig Save의 회원인 내 친구를 통해서였다. 처음 몰려든 사람들은 동물권리 단체 사람들이거나 채식인이었는데 그다음은 이제 막 에스더를 알게 된 일반인들이었다. 그렇게 에스더 페이지의 인기는 하루가 다르게 치솟았다.

그리고 열흘도 지나지 않아 우리는 공황상태에 빠졌다. 6,000명이 넘는 사람이 에스더 페이지를 팔로잉했다. 내가 부동산 사업을 홍보하려고 3년 동안 열심히 운영하고 있는 페이지는 팔로워가 고작 250명이었다. 그런데 에스더 페이지는 6,000명이라니!

그런데 이게 문제였다. 에스더를 집 안에서 키우는 것이 불법이었고, 이렇게 많은 팔로워 중에 이걸 문제 삼을 사람이 있을까 봐 걱정이 되었다. 돼지와 집에서 함께 살면 안 된다는 것을 아는 공무원이 있으면 어쩌나.

페이스북 페이지에 좋아요를 누른 사람이 모두 이 지역 사람들이어서 잠정적으로 우리를 고발할 수 있다고 생각할 정도로 나는 고지식했다. 마을 사람들이 우리 집으로 몰려와서 에스더를 밴에 태워 멀리 보내는 장면을 매일 상상할 정도였다. 그래서 변호사와 만날 약속을 정하고, 페이스북 페이지를 폐쇄해야겠다고 생각했다.

변호사는 에스더와 함께 사는 것이 불법이지만 누군가가 바로 에스더를 빼앗아갈 수 없고 누군가 신고를 해서 에스더를 뺏기기까지는 8개월이 걸린다고 했다. 그리고 신고가 들어가면 일단 벌금이 부과되고 벌금만 내면 에스더를 뺏기지 않는다고 했다. 다시 벌금이 부과되고, 법정에 출두해야 하며, 그러고는 법정 구속되는 순서라고 했다. 행정당국이 최종으로 에스더를 없애라고 명령하는 것이 마지막 수순이었다.

변호사가 들려준 이야기가 좋은 소식은 아니지만 공무원이 갑자기 나타나서 에스더를 바로 데려갈 수 없다는 사실을 알게 된 것만으로도 변호사와의 만남은 큰 도움이 되었다. 내게 최고의 공포는 바로 그것이었기 때문이다. 8개월이라니 문제가 생긴다면 길게 질질 끄는 싸움이 될 것이다. 아직 아무 일도 일어나지 않았지만 우리는 미리 준비를 해야겠다고 생각했다. 가장 좋은 준비는 이사였다. 에스더는 아직도 자라고 있고, 에스더가 얼마나 더 자랄지 모르기 때문에 시골에 작은 집이라도 찾아보자고 결정했다.

법적인 문제가 된다면 벌금형을 받게 될 텐데 우리는 벌금을 지불할 능력이 안 된다. 최종적으로 지면 이사를 가거나 에스더와 함께 사는 것을 포기해야 하는데, 후자는 결코 받아들일 수 없었다.

이사도 만만치는 않았다. 과연 데릭과 내가 지금 하던 밥벌이를 계속하면서, 우리 형편에 맞고, 에스더가 잘 지낼 수 있는 시골집을 찾을 수 있을까? 지금 사는 조지타운은 비싼 곳이기 때문에 우리의 예산으로는 이곳에 큰 집을 얻을 수 없으니 시골로 나가야 했다. 하지만 그런 곳은 거의 폐가거나 형편없는 곳일 터였다.

변호사 사무실을 나올 때까지도 에스더 페이지를 계속 둘지 폐쇄할지 저울질했는데 진지한 논의 끝에 계속하기로 결론을 내렸다. 그리고 에스더를 절대 포기할 수 없다고 결정했으니 이제 마음 편히 살기에 적합한 곳을 찾아야 했다. 필요는 발명의 어머니이고, 우리는 필요로 향하는 고속도로에 전속력으로 진입했으니 이제 발명하는 일만 남았다.

따뜻하고 행복한
에스더 운동

에스더 페이지는 천문학적 비율로 커져 나갔다. 수천 수만 명의 사람이 에스더 페이지에 좋아요를 눌렀고, 에스더의 매력에 빠져들었다. 우리는 이런 일이 벌어질 거라고는 결코 예상하지 못했다. 2014년 1월 첫째 주에 뉴스에 출연했고, 《토론토 스타Toronto Star》(캐나다에서 발행 부수가 가장 많은 신문)에도 에스더의 이야기가 전면에 실렸다. 그 시점 즈음이었다. 우리는 미디어든 뭐든 모든 것을 받아들이고 마음을 편하게 먹기 시작했다.

갑자기, 정확히 말하면 약 45일 만에, 에스더 페이지는 3만 명의 팔로워가 생겼다. 우리는 왜 이런 일이 일어났는지 여전히 이해하지 못했다. 그리고 왜 우리 이야기를 이렇게 많은 사람들이 좋아하는지 알지 못했다.

당시 에스더 페이지는 엄청나게 인기가 있었지만 방향이나 목적이 없었다. 살펴보니 팔로워 중에는 완전 채식주의자인 비건이 많았다. 우리도 채식을 하고 있으니 페이지의 상당 부분을 비건을 지지하는 내용에 할애하기로 했다. 비건과 관련된 글과 사진을 게시하고, 좋은 식물성 식품에 대해서 이야기하기 시작했다. 그런데 그러자마자 채식인과 비채식인이 페이지에게 다투기 시작했다. 그런 일이 벌어질 것이라고 예상하지 못했기 때문에 무척 당황했고, 이런 상황이 불편했다.

극단적 비건 운동Nazi-vegan movement, 그들의 표현을 빌리면 '동물권 : 동물사용 폐지론적 접근Animal Rights: The Abolitionist Approach'이라는 것에 우리는 반감이 있었다. 폐지론자 운동은 노예해방이라는 분명 좋은 의도로 시작되었지만 흑백 논리와 지나치게 엄격하고 냉혹한 견해를 가진 사람들이 주도하고 있었다. 이런 논리를 가진 사람들이 우리가 하고 있는 일을 비난하는 글을 지속적으로 올렸다. 심지어 그들은 에스더 페이지에 찾아오는 팔로워까지 비난했다. 그들이 우리 페이지를 장악하자 그저 에스더와 우리가 살아가는 모습을 보고 싶어 하던 사람들은 멀어져 갔다.

언젠가 어떤 분이 이런 글을 올렸다.

"내가 에스더에게 무척 고마워한다는 것을 그저 여러분에게 말하고 싶었어요. 나는 이제 돼지고기를 먹지 않아요!"

이런 고백은 대단한 일이다. 우리가 후에 '에스더 효과The Esther Effect'라고 부르게 될 현상이다. 위대한 한 걸음. 우리는 그를 축하했다.

"축하합니다. 위대한 한 걸음을 내디딘 거예요."

하지만 강경한 비건들에게는 이 한 걸음이 만족스럽지 않은 듯했다. 그들은 다른 고기는 먹으면서 돼지고기만 먹지 않는 것이 말이 되냐며 그녀를 맹렬히 공격했다. 물론 그를 응원하고 지지한 우리도 공격당했다.

데릭과 나는 당시에 완전 채식주의자였기 때문에 사람들이 돼지고기에서 더 나아가 모든 동물성 제품을 소비하지 않게 되기를 바랐다. 하지만 올바른 방향으로 첫발을 내디딘 사람을 왜 꾸짖고 비난하는가? 나는 그 사람이 되어 생각해 보았다. 내가 어떤 페이지에 "저기요, 당신들 덕분에 제 삶이 이렇게 바뀌었어요."라고 적었더니 "그걸로 부족해요. 이것도 해야 해요. 그리고 이것도, 저것도."라고 말한다면 "그래, 너 잘났다. 관두자, 관둬."라고 생각하고 그것으로 끝! 더 이상 그 페이지를 찾지 않을 것이다.

그런데 겨우 한 걸음 뗀 사람을 축하해 주었다는 이유로 공격받다니. 그들의 생각은 이랬다. "이게 무슨 채식주의자야? 그러니까 지금 돼지가 닭이나 소보다 중요하다고 말하는 거야?" 물론 우리는 그렇게 말하지 않았다. 하지만 그들은 강경한 입장을 고수하며, 완전 채식만

이 윤리적 선택이라는 댓글을 반복해서 썼다. 이런 부정적 태도는 새로운 세계로 가고자 하는 사람들의 노력과 열정을 꺾는다.

이런 혼란 속에서 에스더 페이지가 나아가야 할 방향을 깨닫고, 덕분에 우리의 정체성을 찾게 되었다. 몇몇 사람은 우리의 농담이 적절하지 않다며 공격하기도 했다. 우리는 에스더의 엄청나게 큰 엉덩이 사진을 올리고 "부럽지? 당신이랑 비교도 안 되지?"라고 썼다. 그저 농담임이 명백하다고 생각했는데 우리가 에스더를 성적 대상화했다고 주장하는 사람도 있었다. 터무니없는 말이었지만 우리는 사람들을 화나게 할 어떤 것도 하고 싶지 않았다. 그래서 에스더의 페이스북 페이지는 대중적이고 가볍고 경쾌한 분위기로 유지하기로 결정했다. 에스더와 사람들을 계속 연결하려고 노력했고, 사람들 스스로 질문에 대한 답을 찾게 해 주고 싶었다.

모든 단체는 운동을 진행하는 나름의 방식을 갖고 있다. 페타(동물에 대한 윤리적 대우를 추구하는 사람들)People for the Ethical Treatment of Animals, PETA는 직설적이고 충격적인 광고와 생생하고 시선을 사로잡는 거리 집회를 연다. 페타가 할 수 있는 가장 효과적인 운동 방법이고, 많은 사람들은 페타의 의도를 이해한다. 페타의 회장이자 공동 창립자 잉그리드 뉴커크Ingrid Newkirk를 만난 적이 있었다. 잉그리드는 자신들의 캠페인에 대해서 이렇게 말했다. 주목을 끌 수 있는 광고를 하려면 수천 달러의 돈을 써야 하는데 광고에 그 많은 돈을 쓰느니 동물에게 실질적인 도움을 주는 일에 돈을 쓰는 것이 중요하다고 판단했다고 한다. 그래서 돈이 많이 드는 광고보다 강렬한 캠페인을 통해 최고의 효과를 얻으려고 노력한다고. 필요할 때 동물에게 돈을 쓰려면 최대한 현금을 많이 보유해야 하기 때문이다. 이런 시도로 페타는 유명해졌다.

페타 캠페인을 좋아하는 사람도 있고, 페타 뒤에 극단주의자 무리가 있다고 생각하는 사람도 있다. 하지만 페타는 세계에서 가장 큰 동물권리단체이고, 그들의 열정과 헌신은 셀 수 없이 많은 사람에게 영향을 주어, 가죽옷을 입거나 고기를 먹기 전에 한 번 더 생각해 보도록 만들었다. 잉그리드는 동물도 기본적인 권리를 누려야 한다고 믿는다. 인간에게 유용한 동물이든 유용하지 않은 동물이든 상관없이. 페타는 모든 동물이 고통을 느끼며, 타고난 습성대로 각자의 삶을 살 수 있어야 한다는 인식을 확장시켰다. 동물은 인간이 음식으로, 옷으로, 오락으로, 실험으로, 또 다른 용도로 마음대로 이용할 수 있는 인간의 소유물이 아니다. 페타의 강렬한 홍보 방법을 반대하는 사람도 페타의 이런 주장을 반대하기는 어렵다.

동물을 위한 자비Mercy for Animal, MFA는 전혀 다르게 접근하는 동물권리단체이다. 동물을 위한 자비는 국제 비영리단체로 농장동물에게 행해지는 잔혹 행위를 막고, 동물에 대한 배려를 바탕으로 식품을 선택하도록 장려하는 정책을 홍보한다. 카메라 장비를 든 비밀 조사관을 고용해서 대형 농장이 농장동물을 얼마나 잔인하게 학대하는지 폭로한다. 이 단체의 활동이 중요한 이유는 닫힌 문 뒤에서 벌어지는 끔찍한 동물학대 문제를 세상 밖으로 끄집어 내 공론화한다는 것이다. 이 덕분에 버터볼Butterball, 타이슨Tyson, 네슬레Nestle, 디조르노DiGiorno 같은 거대 기업체가 동물학대 행위를 하는 농장과 계약을 끊었다. 실질적인 결과로 이어진 것이다. 대단한 성과이다.

모든 사람에게는 각자 자기에게 맞는 방식이 있다고 생각한다. 때문에 단체만의 독특한 활동 방법을 존중하고 고맙게 생각한다. 하지만 어떤 단체는 특정한 사람이 모여서 자기와 의견이 다른 사람을 끊임없이 공격해서 진절머리 나게 한다. 그래서 우리는 에스더처럼 웃는 얼굴과 긍정적인 마음으로 평범하고 다양한 사람을 대상으로 페이지를 운영하기로 결정했다.

이것은 의미 있는 결정이었다. 동물을 사랑하고 더 좋은 일을 하기를 원하지만 편협한 단체와 관계를 맺고 있지 않은 딱 우리와 같은 사람들이 모일 공간이 필요했으니까. 같은 생각을 하는 사람들이 우리와 멀어지지 않도록 과격하지 않고 친절하며 유머가 있는 페이지를 운영하기로 했다. 담백한 우리의 방식대로 해야 한다는 것을 깨달았다.

"당신들은 옳은 일을 하고 있지 않아!"

이런 분노를 담은 지적에 우리는 관심이 없었다. 그런 지적은 우리처럼 이미 채식인인 사람에게도 도움이 되지 않는다. 우리는 에스더를 알게 되고, 스스로 질문하고 답하면서, 왜 채식을 하는 것이 좋은 선택인지에 대해 천천히 받아들이는 과정을 통해서 채식을 하게 되었다. 그리고 그 선택은 궁극적으로 우리 자신을 위한 것이었다. 그래서 우리는 신랄하고 혹독한 표현이나 마음을 괴롭히는 사진과는 거리를 뒀다. 따뜻함과 행복함, 마음에 여운 남기기에 중점을 두었는데 그것이 '에스더 운동The Esther movement'이 성공하게 된 이유일 것이다.

에스더 운동은 접근이 쉽고, 서로 대립하지 않고, 누구나 환영한다는 점에서 모든 비채식인에게도 매력이 있었다. 채식을 하지 않는 사람들의 눈을 뜨게 해 주고, 동물복지 문제에 대해 생각하게 만들었기 때문이다. 그래서 에스더 운동을 사람들이 좋아하는 것이리라. 게다가 에스더 운동은 동물활동가와 기존의 채식인에게도 매력이 있었다. 계속 마음이 아프고 화가 나는 현실을 접해야 하는 보통 동물운동과 다르게 우리에게는 밝고 긍정적인 면이 있었기 때문이다. 현장에서 끔찍한 동물학대를 계속 목격해야 하는 비밀 조사관들이 우리 집을 방문하기도 했다. 좋은 환경에서 행복하게 살고 있는 돼지를 보고 기운을 얻고 싶었다고 했다.

에스더 인증,
에스더 효과

페이스북 페이지가 인기를 얻을수록 우리는 모든 댓글 하나하나에 직접 답글을 달았다. 그건 지금도 마찬가지이다. 사람들을 기쁘고 즐겁게 해야 한다는 처음의 다짐을 지키기 위해서이다.

게다가 내 개인 계정에도 팔로워가 유입되고 있었다. 나와 데릭의 사진, 반려동물 사진, 여행 사진이 전부인 계정에 사람들이 관심을 갖기 시작한 것이다. 우리는 파티를 좋아하는 젊은 남자로 어쩌다 보니 돼지를 키우게 된 그저 평범한 사람이었다. 에스더와 살게 된 후 큰 깨달음을 얻고 삶이 엄청나게 바뀌고 있는 중이었다.

그런데 에스더를 사랑하는 사람 중에는 데릭과 나에 대해서도 알고 싶어 하는 사람이 있었고, 인스타그램에 2년 전에 올린 사진을 링크하는 낯선 사람도 있었다. 사생활에 관심을 갖는 사람이 생기자 불편했고, 결국 나와 데릭은 온라인에 남아 있는 수많은 흔적을 찾아서 지우는 흔적 섬멸 작전을 펼쳤다. 어느 날 갑자기 온라인의 공인이 되었으니 남들 보기에 좋지 않은 게시물은 삭제하는 게 맞았다. 내 인스타그램도 에스더의 계정으로 전환했다. 에스더가 우리의 온라인 계정을 점령하리라고는 생각도 하지 못했지만, 에스더의 소식을 원하는 사람들이 많아졌으니 별 수 없었다.

어느 날 장난삼아 뚝딱 만든 페이스북 페이지가 만든 예상치 못한 영향력 때문에 우리는 어리둥절했다. 말도 안 되는 일이 벌어졌다. 가장 큰 일은 에스더 페이지를 통해서 동물 문제에 대해 사람들이 가지고 있는 인식을 변화시킬 수 있었다는 것이다. 또한 잡지 《피플People》에 커버 기사로 실렸고, 페타 잡지에도 소개되었다. 에스더는 플랫폼의 종류와 형태를 초월해 사람들을 연결시켰다. 사람의 마음을 움직이고 공감을 불러일으키는 힘이 있었다.

그즈음 우리는 '에스더의 부엌'이라는 글을 통해 채식 레시피를 소개하기 시작했다. 에스더의 부엌에서는 비건, 완전 채식이라고 말하지 않고 '에스더 인증Esther Approved'이라는 단어를 쓰기 시작했다. 에스더 인증은 완전 채식을 의미하는데, 완전 채식이라는 단어가 함축하고 있는 부정적인 의미를 너머 부드럽고 가볍게 접근하기를 바랐다.

그 시도는 먹혔다! 우리는 단지 채식인과 비채식인 사이의 싸움 때문에 에스더 인증이라는 말을 쓴 것이 아니다. 우리는 비채식인들로부터 자신들이 돼지에 대해 가지고 있던 시각을 에스더가 얼마나 많이 바꾸었는지 이야기하는 이메일을 수도 없이 받았다. 방방곡곡 수많은 사람들이 돼지가 얼마나 깨끗한지, 얼마나 영리한지 몰랐다는 내용의 메시지를 우리에게 보내 주었다. 우리가 경험했던 일을 그들이 다시 그들의 이야기로 만들어서 우리에게 들려주고 있었다. 에스더가 우리에게 영향을 준 것처럼, 에스더의 이야기가 사람들에게 똑같은 영향을 주고 있었다. 우리는 이래라 저래라 설교하지 않았다. 에스더가 사람들의 삶을 실질적으로 변화시킨 요인은 유머와 친절함, 에스더의 친근한 사진을 이용한 누구와도 대립하지 않는 접근법이었다.

우리는 그것을 '에스더 효과The Esther Effect'라고 부르기로 했다. 에스더는 여러 가지 방법으로 사람들에게 엄청난 영향을 끼쳤고, 그 영향력에 우리는 매번 놀랐다. 몬트리올에서 만난 70대의 비건 여성은 채식을 하는 친구를 통해 에스더 페이지를 알게 되었다며, 자기가 얼마나 에스더를 사랑하는지 이야기했다. 그녀는 에스더 덕분에 영어를 배웠다고 했다. 에스더에 대해서 더 알고 싶고, 에스더 페이지를 읽고 싶어서 영어를 배우기 시작했다고. 정말 믿을 수 없는 일이었다.

동물보호 활동에 많이 참여했다는 한 여성은 자신은 비건이고 남편과 아이들은 육식을 하는데 가족에게 자신의 신념을 강요하지 않는다고 했다. 그런데 아들이 에스더에게 푹 빠지는 바람에 매일 에스더 페이지를 보여 달라고 조른다고.

그러던 어느 날, 그녀가 인터넷으로 공장식 농장동물에 대해서 알아보는데, 아들이 끔찍한 환경에서 살고 있는 돼지의 사진을 보더니 울음을 터뜨렸다. 아들이 "이 돼지 에스더야?"라고 물었고, 그녀는 아니라고, 다른 돼지라고 대답했지만, 곧 이런 생각이 들었다고 했다. '저 돼지가 에스더가 됐을 수도 있어.' 그녀가 보낸 편지에는 이렇게 쓰여 있었다.

"우리가 보지 못한 곳에서 무슨 일이 일어나고 있는지 아들에게 설명할 수 있는 기회였어요. 아들은 에스더를 정말 좋아했고, 농장에 있는 돼지 사진 때문에 무척 혼란스러워했거든요."

바로 그때가 엄마가 왜 채식을 하는지 아들에게 설명할 수 있는 기회였던 것이다. 아들은 살아 있는 돼지가 음식이 된다는 사실을 깨닫고는 돼지에게 감정적인 유대감을 갖게 되면서 눈이 퉁퉁 붓도록 울었다고 했다. 자기는 모든 돼지가 에스더처럼 사는 줄 알았다고. 아들은 스스로 채식을 결정했고, 심지어 몇 달이 지난 후에도 에스더 덕분에 채식을 이어가고 있다고 했다. 이 이야기를 듣고 우리는 너무 좋아서 눈물이 났다.

하루하루 살아가는 일은 바빴고, 우리는 에스더와 함께 살기 전처럼 우리의 일상을 유지하기 위해 노력했다. 데릭은 꾸준히 마술쇼 예약을 받았고, 나도 부동산 중개 일을 했다. 시간이 날 때면 에스더 페이지가 계속 북적거릴 수 있도록 에스더의 사진을 많이 올렸다. 쉴 때도 데릭과 함께 거실에 앉아서 TV를 틀어놓은 채 고개를 푹 숙이고 스마트폰을 들여다보는 게 일상이었다.

어느 날 저녁, 우리는 평소대로 거실에 앉아 댓글에 답글을 달고 있었다. 그런데 갑자기 데릭이 흐느끼기 시작했다. 나는 그저 미소 지었다. 종종 있는 일이었고 감정이 격해지고 격앙된 상태일 때는 분출하게 내버려두는 것이 좋다고 생각했기 때문이다. 그런데 이번에는 달랐다. 심각해 보였다. 데릭은 스마트폰을 건네며 읽어보라고 했다.

메시지를 보낸 여성은 완전 채식인이었고, 남편은 아니었는데, 두 사람은 오랫동안 서로의 생활방식과 식생활을 존중하면서 행복하게 살고 있었다. 그러던 어느 날 함께 식료품점에 갔는데 남편이 베이컨을 집었다가 바로 내려놓았다. 그 순간에는 아무것도 묻지 않았다가 집으로 돌아오는 자동차 안에서 남편에게 왜 그랬는지 물었더니 남편이 부인을 보면서 툭 말했다.

"에스더 때문에."

그것으로 충분했다. 남편은 더 이상 베이컨을 먹을 수 없게 되었다.

메시지를 읽으면서 나는 가슴이 벅차올랐다. 그런 종류의 메시지를 읽을 때 어떤 기분인지 설명하기가 어렵다. 나는 살면서 이런 강렬한 이야기를 들은 적이 없다. 데릭도 분명 나와 같을 것이다. 그들은 나이가 지긋한 부부였고, 그 나이에 삶의 방식을 바꾸겠다고 결심하는 것은 쉬운 일이 아니다. 에스더는 그렇게 사람들에게 큰 영향을 끼치고 있었다. 그리고 이 모든 것은 '여러분은 완전 채식을 해야만 해요.', '고기를 먹어서는 안 됩니다.', '육식을 해서는 안 됩니다.' 같은 말을 한 마디도 하지 않고 이룬 일이다. 그저 사진과 짧은 글이 전부였다. 에스더의 사진과 글은 우리가 만난 적도 없고, 이야기를 나눈 적도 없는 사람들에게 상상을 초월하는 영향을 준 것이다.

우리는 한 번도 사람들이 직시하기를 꺼리는 동물들이 학대를 당하는 끔찍한 사진을 보여 주거나 부정적인 메시지를 강요하지 않았다. 사람들은 그저 에스더의 사진을 보며 미소 짓고, 환하게 웃고, 그러면서 정서적 유대관계를 맺었을 것이다. 에스더는 엄청난 영향력을 가진 존재였고, 에스더 효과는 우리가 꿈꿨던 것보다 훨씬 성공적이었다.

6장
크리스마스의 악몽

이 나뭇가지를 가져가서 크리스마스 리스로 쓸까요? 리빙 잡지에서 봤어요.

얼음
폭풍

크리스마스 하면 작은 전구가 반짝거리고 귀여운 장식이 주렁주렁 걸려 있는 크리스마스트리, 크리스마스 키스, 선물상자, 크리스마스 캐롤 정도가 생각난다. 그런데 반려인들은 좀 더 복잡하다. 반려동물이 크리스마스 연휴 기간 동안 누구와 어디서 지낼 것인지 정해야 하기 때문이다. 이외에도 가족을 만나러 떠나는 복잡한 여정도 짜야 한다. 우리는 며칠 집을 비울 것인지 한참 고민한 후 일정을 정리했다. 크리스마스이브에 데릭의 부모님을 방문하고, 26일 아침에 돌아와 우리 엄마를 보러 가기로 한 것이다. 일정을 정리한 후 레타에게 아이들을 잠시 맡기고 쇼핑을 다녀왔다. 모든 것이 계획대로 착착 진행되었다.

'그것'이 멈추기 전까지!

12월 21일, 여행을 떠나기 사흘 전, 얼음폭풍ice storm(겨울에 발생하는

폭풍으로 땅에 떨어지면서 어는 비를 동반한다)이 몰아쳐서 모든 것을 쓸어가 버렸다. 전기도 난방도 끊겼다. 얼음폭풍을 모른다면 '얼음'과 '폭풍'이라는 두 단어가 이를 이해하는 데 아주 도움이 된다. 얼음폭풍은 내리면서 모든 것을 덮어 버린다. 유난히 차가워 눈이라고 생각할 수 있지만, 눈이 아니다. 뼛속까지 시리게 만드는 차가운 비이다. 차갑다는 것을 제외하면 아무런 해가 없어 보이지만 모든 것을 얼음으로 바꾸어 온 세상을 아름답고 이상하고 위험한 겨울 나라로 만들어 버린다.

보기에는 참 아름답지만 주차장 진입로는 스케이트 링크가 되고(그날 많은 사람들이 말 그대로 스케이트를 탔다), 지붕에서는 얼음이 미끄러지면서 내는 삐걱거리는 소리가 끊임없이 난다. 가장 공포스러운 순간은 얼음폭풍이 온 후 해가 뜰 때이다. 얼어붙었던 모든 것이 녹기 시작하면서 위에서 무엇이 떨어질지 알 수 없는 상황이 된다.

일기예보를 통해 대단한 얼음폭풍이 온다는 것은 알고 있었다. 예보가 있을 때마다 식료품을 사재기 하는 사람도 있지만 우리는 에스더에게 줄 수박만 달랑 사놓았다. 우리는 항상 폭설 경보를 들으며 살아 왔고, 심각한 현실이 된 적이 거의 없었기 때문에 심각하게 받아들이지 않았다.

아마 플로리다같이 허리케인이 자주 지나가는 지역에 살고 있는 사람들이랑 같은 마음일 것이다. 대부분의 허리케인 예보는 흐지부지되거나 열대성 폭풍으로 소멸된다. 카트리나처럼 정말로 파괴적인 허리케인은 이례적인 경우이고 보통은 공연한 법석일 때가 많다.

우리도 그랬다. 그런데 진짜로 심각한 얼음폭풍이 강타할지 누가 알았겠는가. 변명하자면 나는 아무 계획도 세울 수 없었다. 에스더와 살게 되면서 우리 생활이 너무 많이 바뀌었기 때문에 나는 어떤 일에 맞닥뜨리면 대비하기보다 거부하는 방어 기제가 작동하게 되었다. 에스더가 오기 전이었다면 소중한 추억이 담긴 사진을 챙긴 후 반려동물을 차에 태워 당장 피신했을 것이다. 하지만 지금은? 어떤 응급 피난 계획도 소용이 없다. 200킬로그램이 넘는 돼지를 태울 차가 없기 때문이다. 언젠가 뉴스에 나온 남자가 내 신세 같았다. 모두 떠나고 혼자 남겨진 채 자기 개를 꼭 끌어안고 지붕 위로 피신한 남자 말이다. 그래 너 잘났다고 우리를 조롱하는 사람도 있겠지만 전기가 언제 다시 들어올지도 모르는 춥고 어두운 집에 에스더를 홀로 두고 떠날 수는 없었다. 돌봐주는 사람이 있다고 해도 마찬가지였다.

얼음폭풍이 멈추고 데릭과 나는 산책을 나갔다가 눈앞에 펼쳐진 풍경을 보고 숨이 멎을 뻔했다. 눈에 보이는 모든 것이 수정으로 변한 것 같았다. 바로 앞에 서 있던 나무가 쩍 갈라지더니 쿵하고 쓰러졌다. 멀리서 팡하고 터지는 소리가 나더니 파란 빛이 번쩍였다. 눈앞에서 송전선이 끊어져 내리는 모습을 보았고, 그 일로 우리 집은 전기가 나갔다.

마침내 '그것'이 멈춘 것이다!

다음 날 아침에 보니 집 주변 전체가 재난 지역이었다. TV가 나오지 않으니 뉴스를 볼 수도 없어서 상황이 얼마나 심각한지 실감하지 못했다. 우리는 전기가 다시 들어와 있기를 간절히 바라며 아침 일찍 눈을 떴지만 전기는 여전히 들어오지 않은 상태였고, 집 안은 얼어붙었다. 집 안에서 가장 추운 곳의 온도가 영하 17도였다. 정말 끔찍했다. 우리는 추운 이유나 알지 아이들은 상황을 전혀 이해하지 못했다. 얼어 버린 슬픈 얼굴로 다섯 반려동물이 우리만 쳐다보고 있었다.

'이게 도대체 무슨 일이야? 제발 히터 좀 틀어 줘.'

참혹하고 끔찍했다. 개들의 입에서 입김이 혹혹 나왔다. 집 안에서 입김이 나다니.

첫날 밤은 그런대로 괜찮았다. 다음 날부터 상황이 점점 더 나빠지기 시작했는데 둘째 날 밤은 대혼란이었다. 큰 나무들이 사람이 살고 있는 집 위로 쓰러지고 천장이 무너져 내렸다. 우리는 전기가 필요해서 자동차에서 전기를 끌어오기로 했다. 현관문을 여니 마을 전체가 황폐해져 있었다. 공포 그 자체였다. 물론 가게는 전부 문을 닫았고, 하루 종일 비가 내렸다. 곳곳에서 나무가 부러지고, 자동차가 박살나고, 송전선이 끊기는 소리가 들렸다. 쉽게 경험할 수 없는 흥미진진한 순간이라고 생각할 수도 있겠지만 현실이 되니 정말 섬뜩했다.

둘째 날에도 여전히 전기는 들어오지 않았다. 우리도 힘들었지만 동물들에게 아무런 도움을 주지 못한다는 생각에 더 힘들었고, 죄책

감마저 들었다. 반려동물은 가족이고, 아이와 같은 존재이다. 아이들이 고통스러워하는데 부모가 아무것도 해 줄 수 없으니 그때 기분이 얼마나 참담했는지 잊을 수 없다.

우리는 에스더 주변에 모여서 다함께 마루에서 잤다. 야생동물이된 기분이었다. 한 가지 좋았던 점은 에스더가 마치 용광로 같았다는 것이다. 에스더는 열을 내뿜고 있었다. 에스더의 몸에서 나오는 열은한 사람에게서 나오는 열기의 몇 배는 되는 것 같았다. 돼지의 평균체온은 38~40도이다. 데릭과 나는 겨울 모자와 장갑, 코트로 완전무장을 했고, 셸비와 루벤은 담요로 단단히 감쌌다. 그리고 모두 에스더의 품으로 파고들었다. 고양이들은 똘똘 뭉쳐 있는 우리 위에 앉아 우리의 체온에 의지했지만, 이불 안으로는 들어오지 않았다. 고양이들은 에스더와 개들, 우리가 부둥켜안고 있는 것이 과하다고 생각하는모양이었다. 우리는 모두 그날 밤을 무사히 넘겼고, 여전히 전기는 들어오지 않았다.

이 와중에도 크리스마스가 위태롭게 다가오고 있었다. 12월 23일, 데릭의 어머니는 몇 시간마다 우리에게 전화를 걸어서 언제 방문할지물었고, 우리는 계속 상황을 알려 드렸다. 시간이 지나도 전기는 들어오지 않았고, 상황은 점점 더 나빠지고 있었다.

안타깝지만 이번 크리스마스는 가족과 보낼 수 없을 것 같다고 나도 데릭도 생각하고 있었다. 그래도 여전히 짐을 싸놓은 상태였고, 4시간 운전을 할 계획도 완전히 폐기하지는 않았다. 그 순간 우리는 '크리스마스 캐롤(구두쇠 스크루지가 하룻밤 사이에 겪는 이야기. 찰스 디킨스의 작품)'과 '이 세상의 모든 크고 작은 생물들(수의사 제임스 헤리엇이 외딴 요크셔 지방에서 온갖 동물을 치료하며 겪는 일을 엮은 작품)'이라는 두 작품의 교차점 어디쯤에 있었다.

우리는 이런 상황이 계속될 경우를 대비해야 했다. 당장 필요한 걸 만드는 맥가이버가 되어야 했다. 주전자 안에 양초 한 뭉치를 넣고 그 위에 석쇠를 얹어서 임시 가스레인지를 만들었다. 그런 다음 냄비를 올려 수프를 데웠는데 꽤 낭만적으로 들릴지 모르지만 실제로는 궁상맞기 그지없었다. 수프 한 캔을 데우는 데 한 시간 정도 걸리니 배가 고픈 사람은 기다리다가 굶어죽을지도 모른다. 모든 것을 미리 준비하지 못한 우리 탓이었다.

솔직히 나는 이런 상황을 잘 견디지 못하고 기진맥진하는 사람이다. 한 마디로 참을성이 부족하다. 당장 TV도 보고 싶고, 인터넷도 하고 싶었다. 무엇을 원하든 당장 할 수 있는 21세기 아닌가. 그런데 하루아침에 우리는 현대 문명의 산물을 배터리 수명에 의존하게 되었다. 자동차에서 스마트폰을 충전했고, 양초로 물을 데우고, 능력이 되는 한 요리도 했다. 사람들은 카페에서 커피를 사느라 세 시간 동안 줄을 섰다. 마을은 마비된 상태였다. 우리는 교대로 스마트폰을 충전하며 컴퓨터에 온라인 접근을 허용하는 공유기를 사용했다. 우리는 가족들에게 연락을 하고, 에스더 페이지에 소식을 올렸다. 새로운 상황이 주는 호기심과 흥미는 금방 사라졌고, 데릭의 엄마를 실망시킬지도 모른다는 공포가 밀려왔다.

밖은 모든 것이 투명한 수정으로 덮인 것 같았다. 이렇게 아름다운 것이 이렇게 파괴적일 수 있다니. 처음에는 '우와, 끝내 준다, 이런 광경을 다시는 볼 수 없을 거야.' 그랬는데 금세 '빌어먹을 얼음폭풍, 재수 없는 내 인생, 이젠 지긋지긋해.'로 바뀌었다. 슬쩍 밖을 내다볼 때마다 우리가 생각한 것보다 상황이 더 심각하다는 것만 확인했다. 튼튼해 보이던 고목이 죄다 구부러져 있었다.

못된 돼지와 크리스마스 파티

예상했던 것보다 더 오래 전기 없이 지내야 할 것 같았고, 발전기가 필요하다는 결론에 다다랐다. 당장 발전기를 사면 되지만 쓸 만한 발전기는 5,000달러나 했고, 우린 살 능력이 안 되었다. 결국 데릭의 부모님에게 크리스마스에 찾아뵙지 못하겠다는 연락을 했다. 두 분은 실망하더니 곧 새로운 제안을 했다. 크리스마스에 발전기를 가지고 직접 오겠다는 것이었다. 두 분이 10월부터 준비한 크리스마스 파티를 포기하고 오겠다니!

희소식이었지만, 솔직히 우리의 사기를 크게 북돋지는 못했다. 복권에 당첨된 것처럼 마냥 좋아하지 못했다. 마치 갑자기 일정에 없던 배심원(배심원제도는 일반 시민이 재판 과정에 참여해서 죄의 유무를 판단하는 사법제도로 배심원으로 선발되면 반드시 참여해야 한다)으로 소환된 느낌이랄까. 우리는 전기도 들어오지 않는 집에서 나흘이나 살았고, 그래서 크리스마스에는 아무것도 하고 싶지 않았다. 사람들과 모여서 무언가를 하고 싶은 마음이 눈곱만큼도 없었다. 그저 불행 속에서 뒹굴뒹굴거리며 게으름을 피우고 싶을 뿐이었다.

게다가 설상가상, 이런 끔찍하고 혹독한 추위의 한가운데서 에스더의 발정기가 시작되었다.

첫 발정이었기 때문에 우리는 에스더에게 무슨 일이 일어난 것인지 몰랐고 발정 중이라는 것을 알아차리는 데도 시간이 꽤 걸렸다. 가족들의 방문을 앞두고 결코 좋은 징조가 아니었다. 데릭과 나는 이미 스트레스를 받아서 폭발하기 직전이었고, 다른 동물들도 눈보라 때문에 며칠 동안 집 안에 갇혀 있어서 몹시 지친 상태였다. 데릭의 어머니는 에스더를 만나기 전부터 에스더를 조금 무서워했는데 발정 난 암퇘지를 보면 참사가 일어날 것 같았다.

그럼에도 모든 것이 잘 끝나기를 바랐다. 영화의 해피엔딩처럼. 해뜨기 전이 가장 어둡다고 했던가. 3점을 뒤지고 있는 지리멸렬한 우리 낙오자 팀이 9회 말 투아웃 상황에서 예상을 뒤엎고 홈런을 치는 상상을 했다.

하지만 그렇게 되지 않았다. 예상한 대로 모든 것이 매우 형편없었다.

데릭의 가족은 크리스마스이브 정오에 우리 집에 도착했다. 데릭의 부모님과 데릭의 여동생과 그의 남자친구, 이렇게 네 명. 우리 집은 엉망진창이었다. 집 안은 엄청나게 춥고 어두웠으며, 데릭과 나는 크리스마스에 아무것도 준비하지 못한 집주인이었다. 하지만 데릭과 나는 행복한 표정을 지으며 손님을 맞았다. 북극같이 춥고 어두운 집에 네 명의 손님을 맞이하는 것이 얼마나 기쁘고 흥분되는지 보여 주기 위해 젖 먹던 힘까지 끌어냈다.

한 가지 긍정적인 점이 있다면, 우리가 얼마나 고생하고 있는지 데릭 부모님이 알게 되었다는 것이다. 두 눈으로 직접 확인했으니 우리가 가지 않으려고 과장했다고 여기지는 않았다. 부모님은 폐허가 된 마을을 보고 적잖이 충격을 받았다.

사실 폭설로 입은 피해로만 따진다면 이웃들에 비해서 우리는 운이 좋은 편이었다. 폭설로 인해 우리가 겪은 유일한 영구적 손실은 나무 한 그루뿐이었다.

하지만 손님을 맞아야 하다니 절대 운이 좋다고 생각되지 않았다. 엉망인 상황에서 어떻게 크리스마스 만찬을 준비하나? 나는 침울했고, 데릭은 스트레스가 심했으며, 에스더는 못되게 굴었다. 에스더를 대신해 변명을 하자면, 에스더는 첫 발정에 겁을 먹었던 것 같다.

데릭의 엄마는 집에 도착한 지 몇 분 만에 충격에 빠졌다.

에스더와 데릭의 엄마는 앙숙이 되어 버렸다. 그 전부터 우리 집은 이미 지옥이나 마찬가지였는데 가족들이 도착한 그 순간부터 지옥보다 더 엉망진창이 되었다. 무엇보다 에스더가 데릭의 엄마가 어느 곳에도 서 있지 못하게 강압적으로 굴었다. 에스더는 자신의 의견을 관철시키고자 할 때에 머리를 이용한다. 우리는 그것을 '머리 밀기'라고 부른다. 머리로 상대를 툭툭치는 행동인데 사람에 따라 위협이 될 수 있다. 특히 데릭의 엄마처럼 작은 사람에게는 큰 위협이 될 수 있다.

데릭 엄마는 키가 굉장히 작다. 그런데 200킬로그램이 넘는 돼지가 달려드니 놀라는 게 당연하다. 게다가 우리는 에스더의 덩치에 익숙했지만 가족들은 처음 겪는 일이었다. 에스더는 끈질기게 머리로 가엾은 엄마를 자꾸 툭툭 쳤다.

이 때문에 에스더는 엄마보다 아빠에게 더 미운 털이 박혔다. 아빠는 아내를 보호하려고 애썼고, 에스더의 행동이 수그러들지 않자 에스더를 어디든 가두라고 했다. 부모님을 충분히 이해했다. 우리가 에스더에게 느끼는 사랑, 우정, 가족애를 데릭의 부모님에게 강요할 수는 없었다.

불행히도 우리에게 사랑스런 에스더가 그들에게는 '짜증나게 만드는 못된 에스더'였다. 물론 에스더가 짜증나게 행동한 것은 사실이다.

그날은 평소의 다정한 에스더가 아니었다. 에스더는 예의바르게 행동하지 않았다. 데릭의 가족이 도착하자마자 엄마에게 박치기를 시작하더니 에스더는 뭐가 그리 불쾌한지 꽥꽥 소리를 지르며 복도를 왔다갔다했다. 데릭의 엄마는 침실로 들어가 문을 쾅 소리가 나도록 닫아 버렸다.

그런 엄마를 보고 데릭의 여동생이 나섰다. 에스더 때문에 무서워 죽겠으니 가족이 떠날 때까지 에스더를 어딘가에 가두어 두면 고맙겠다고 했다. 엄마가 계속 에스더에 대해서 불평을 쏟아냈지만 데릭이 못 들은 척하자 결국 여동생이 나선 것이다. 어떻게 해야 할지 데릭과 내가 고심하는 사이 데릭의 엄마는 더 이상 견디지 못하고 쏟아냈다.

"너희는 가족보다 에스더를 더 사랑하는구나!"

데릭과 나는 에스더를 사랑하기 때문에 에스더가 내는 소리가 전혀 거슬리지 않는다. 아무렇지도 않다. 하지만 다른 사람들에게는 괴성을 지르는 아이를 견디는 것과 같은 일일 것이다. 물론 자기의 아이가 괴성을 지른다면 참을 수 있지만 남의 아이라면 악마처럼 보일 것이다.

나는 데릭의 가족을 이해하려고 노력했다. 어마어마하게 큰 돼지와 한 공간에서 지내는 일이 감정적으로 또 신체적으로 녹록한 일은 아니니까. 그들은 우리와 같은 마음으로 에스더를 보지 않을 테니까.

데릭의 부모님은 그동안 우리에게 돼지는 밖에서 사는 동물이니 에스더를 얼른 없애라고 조언했었다. 돼지가 음식의 재료라는 것 외에 부모님이 아는 것은 아무것도 없었다. 두 사람이 돼지를 반려동물로 보지 않는 것은 멜론을 반려동물로 보지 않는 것과 같은 것이다. 어쩌면 멜론이 나을 수도 있다. 멜론은 200킬로그램이 넘게 자라지 않고 사람을 머리로 들이받지도 않으니까.

데릭의 부모님은 데릭은 에스더를 내켜하지 않는데 나 때문에 참고 사는 거라고 믿고 있는 듯했다. 내가 에스더를 간절히 원하기 때문에 데릭이 어쩔 수 없이 받아들였다고. 데릭의 부모님은 에스더가 처음 집에 왔을 때 데릭이 화를 낸 것만 기억하고 있었다. 물론 에스더를 데려온 것은 나였지만, 그 이후 상황이 많이 바뀌었고, 데릭 역시 에스더를 무척 사랑한다.

칠면조
튀기기 팀

사실 데릭의 엄마가 울면서 침실에 들어가기 전까지 에스더가 집 안을 돌아다니며 엄마를 들이받은 것은 큰 문제가 아니었다. 아직 발전기를 설치하지 못했기 때문에 집은 춥고 어둡고 형편없었다. 그게 더 문제였다.

데릭의 가족이 도착하고 나서 에스더를 잠시 밖에 두어야 할지 고민했다. 하지만 그때 밖은 에스더를 둘 만한 장소가 아니었다. 미끄럽고 춥고 위험했다.

하지만 발전기를 설치하는 동안에는 에스더가 잠시 바깥에 있어야 했다. 내가 뒷마당에서 에스더와 함께 있는 동안 데릭과 아빠는 발전기를 설치하기 시작했다. 전기를 빨리 복구해서 보일러를 작동시키고, 음식이 상하지 않도록 냉장고도 살려야 했다.

데릭의 아버지는 이런 작업에 아주 능숙했다. 배가 난파되었을 때 함께 있고 싶은 사람으로 꼽을 만큼 재주가 많은 분이다. 그는 이런 비상 상황에 가장 잘 대처할 만한 사람이다. 데릭과 아버지가 전선을 교체한 지 10분도 지나지 않아 불이 들어왔다. 마침내 열과 빛을 갖게 된 것이다. 아버지 만세! 데릭은 무척 흥분했지만 얄궂게도 바로 그 순간 마을 전체의 전기가 복구되었다. 데릭과 아버지가 고친 게 아니라니. 까마귀 날자 배 떨어진 꼴이었다. 발전기를 설치하는 데 쏟은 두 사람의 노고가 헛수고가 되었지만 상관없었다. 그 순간 전기가 들어왔다는 것에 감사했다. 우리는 다시 인간의 삶을 살 수 있게 되었다. 나는 아무래도 중세처럼 전기가 없던 시대에는 살지 못할 것 같다.

데릭의 부모님은 파티의 주최자도 아니면서 만찬 메뉴를 마음대로 정해서 재료를 준비해 왔다. 채식주의자인 우리가 먹을 수 없는 칠면조 요리. 두 사람은 메뉴를 바꿀 계획이 없어 보였다. 정말로 우리 집에서 칠면조 요리를 할 모양이었다. 데릭의 부모님은 우리가 채식주의자인 것을 신경 쓰는 분들이 아니었고, 더구나 우리가 채식주의자가 된 이유 따위는 안중에도 없었다.

부엌 옆으로 지나가다 데릭의 아버지가 튀김기를 챙겨서 밖으로 내가려고 하는 걸 봤다. 뒷마당에는 에스더가 있었다. 그들이 에스더를 밖으로 내보내라고 해서 에스더가 뒷마당에 있는데 그곳에서 칠면조를 튀기겠다니.

"정말 여기서 칠면조를 튀기실 거예요?"

데릭의 아버지는 계획대로 할 사람이어서 의미 없는 질문이라는 걸 알면서도 무슨 말이라도 해야 할 것 같았다. 에스더 옆에서 동물을 튀기려고 하니 주의라도 줘야 했다.

"튀김기를 저쪽으로 옮기는 게 어떨까요? 에스더가 바로 거기 있어서요."

"그게 무슨 상관이지?"

그는 인지하지 못하고 있었다.

"집 옆쪽으로 옮겼으면 해서 드리는 말씀이에요. 요리하기에는 저기가 더 좋아요."

"여기가 더 편한데. 데릭 엄마가 부엌에서 준비하는 모습도 볼 수 있고."

나도 안다. 여기서 부엌이 잘 보인다는 것을. 내가 우리 집 구조를 더 잘 알지. 내가 모르겠는 것은 겨우 5~6미터 옆으로 옮기는 것이

166

뭐 그렇게 어려운가 하는 것이다. 서른 걸음 정도 옮기면 되는, 1분도 채 걸리지 않는 아주 쉬운 일이었다. 하지만 아버지는 그렇게 하지 않았다.

2분 정도 지나자 '칠면조 튀기기 팀'의 주요 멤버인 여동생이 나왔다.

"아빠는 밖에서 칠면조를 튀기고 싶어 하세요."

그래, 나도 안다고.

"그런데 현관 계단에 아직도 얼음이 있네요."

"소금이랑 삽이 있잖아."

내가 소금이랑 삽을 가리켰다.

"바로 저기 있네. 소금과 삽만 있으면 얼음을 금방 치울 수 있어. 아주 쉬워."

그때 갑자기 뒤에서 데릭이 나타났다.

"에스더를 지하실에 넣어 두어야 할 것 같아. 그래야 아버지가 여기서 칠면조 요리를 하실 수 있거든. 아버지는 포기하지 않으실 거야."

"말도 안 돼!"

내가 소리쳤다. 이 추운 날 에스더를 집 밖으로 내보냈는데, 이제는 한동안 전기가 들어오지 않아서 냉장고나 다름없는 지하실로 보내자고? 말도 안 돼!

나와 에스더는 철저히 무시된 채, 오직 데릭 가족만을 위해 다 양보하라는 것 같았다. 데릭이 난처한 입장에 놓였다는 것도 알지만 머리

끝까지 화가 났다. 하지만 '칠면조 튀기기 팀'이 어디에서 칠면조 요리를 하면 좋은지에 대한 내 의견은 그들에게 전혀 중요하지 않았다. 칠면조 요리를 할지 안 할지도 중요하지 않았다. 그들은 하고 싶은 대로 할 것이고, 그럴 바에는 얼른 끝내게 내버려두는 것이 가장 좋겠다고 마음을 먹자, 화가 어느 정도 누그러졌다.

결국 나는 에스더를 지하실에 넣었다. 나흘 동안 추운 집에서 지냈고, 발정까지 와서 기분이 언짢은 에스더를 지하실에 가두고만 것이다. 에스더는 행복하지 않았고, 나도 행복하지 않았다. 한참 동안 에스더와 있다가 위층으로 올라갔다.

그들은 칠면조 요리를 먹었고, 데릭과 나는 나머지 요리를 먹었다. 우리는 크리스마스에 집에 있을 계획이 없었기 때문에 집에는 먹을 만한 것이 하나도 없었다. 데릭과 나는 식사 내내 음료만 배부르게 마셨다. 데릭은 기분이 좋지 않았고, 그래서 데릭의 엄마도 기분이 좋지 않았으며, 나도 마찬가지였다. 물론 에스더도 그랬다. 데릭의 부모님은 만찬을 끝내고 싶어 했지만 우리는 모르는 척하면서 저녁을 먹었다. 이런 모습은 여타 다른 가족의 크리스마스 만찬과도 다르지 않다. 세대 차이를 포함해서 정치적이고 이념적인 견해 차이로 요즘 많은 집의 크리스마스 만찬이 그리 행복하지 않다.

그렇다고 우리가 서로에게 못되게 군 것은 아니다. 서로 신경을 건드리지도 않았고, 귓속말을 속닥거리지도 않았다. 데릭과 나는 많은 것이 힘들었지만 평지풍파를 일으키고 싶지 않았다. 데릭의 부모님은 우리를 방문하느라 다른 친척도 만나러 갈 수 없었으니 더 언짢았을 것이다. 하지만 우리도 힘들었다. 모두에게 시련의 시간이었다. 우리는 버럭 화를 내지 않을 정도로만 서로의 비위를 맞추려고 애썼다.

우리는 그날 밤 마루에서 선물을 열어보는 것으로 일정을 마무리했다. 크리스마스트리가 없어서 크리스마스 기분이 나지 않았지만 그럼에도 우리는 선물을 교환하는 내내 분위기를 띄우려고 안간힘을 썼다.

모두 마루에 앉아서 오늘이 최고의 날인 척 행동했고, 데릭과 나는 미소를 짓는 둥 마는 둥하며 서로를 쳐다보았다. 그리고 똑같은 생각을 했다.

'다시는 이런 짓 하지 않을 거야.'

지하실에 있는 가여운 에스더가 떠올랐다.

데릭의 가족은 다음 날 아침 일찍 떠났다. 우리 집에서 벗어나 자기 집으로 돌아가게 되어 무척 후련했으리라. 데릭과 나도 후련하기는 마찬가지였다. 모두에게 평생 절대로 잊을 수 없는 크리스마스가 지나가고 있었다. 크리스마스에 가족과 만나지 않는 친구들이 있어서 왜 그런지 의아했는데 해가 갈수록 그 이유를 확실하게 깨닫고 있다.

전기가 들어오고 나서 생각해 보니 문제는 사실 데릭 가족의 방문이 아니었다. 좁아터진 집에서 데릭과 나, 에스더와 개, 고양이들이

얽혀 살고 있는데 누구든 손님을 맞는다는 건 실패가 정해진 일이었다. 얼음폭풍이 아니었더라도 우리 가족을 감당하기에 이 집은 너무 좁았다. 거기에 데릭 가족까지 더해지니 재난 상황이 될 수밖에. 우리는 이 집을 떠나야 한다는 사실을 받아들이게 되었다.

7장
농장을 사다

돼지를 먼저 입양하고 헛간을 짓다니! 이웃들이 난리 치기 전에 빨리빨리 합시다!

우리가 돼지와 산다는 것은
더 이상 비밀이 아니다

솔직히 말해서 우리는 축하하는 것을 좋아한다. 크리스마스처럼 의미 있는 공휴일, 생일, 기념일을 제외하고 인생에서 축하할 수 있는 구실이 또 뭐가 있을까. 아, 결혼, 승진, 임신도 축하해야 하는 일이다. 그리고 음…, 금요일, 식사시간, 신호등이 빨간 불로 바뀌기 전에 노란 불에 건너기 등등도 축하할 일이다.

그렇다. 축하할 이유는 아주 많다. 특히 요즘 소셜 미디어에서는 매일 매일이 기념일이다. 팬케이크의 날, 왼손잡이의 날…. 정말 그런 날이 있기는 한가 모르겠다. 어쨌든 에스더의 팬이 많아지면서 우리도 이런저런 기념일을 만들어서 축하하기로 했다. 누누이 말했지만 우리는 원래 파티를 좋아하는 사람이다.

에스더 페이지는 2월 말에 10만 명의 '좋아요'를 달성했다. 페이지를 열고 겨우 80일 만에 일어난 일이다. 우리는 이 중요한 사건을 기넘하고 축하하기로 했다. '10만'이라는 숫자를 새긴 수박을 에스더에게 주고, 에스더가 수박을 먹는 모습을 올렸다. 수박은 에스더에게 트로피였고, 예상대로 반응이 무척 좋았다. 에스더가 수박을 우적우적 먹기 시작하자 수박에서 나온 즙이 사방으로 튀었다. 아니, 사방팔방으로 튀었다. 이 기념행사는 집 안에서 이루어졌는데 행사가 끝난 후 집 안은 실로 볼 만했다. 수박 즙이 천장까지 튀었고, 심지어 다른 방까지 튀었다.

그때쯤 우리 이야기를 기사로 쓰고 싶다며 《토론토 스타》에서 연락을 해왔다. 사실 사람들과 온라인에서의 소통은 안전하고 편안하게 느껴진다. 가상공간에서의 만남은 거리감이 적당히 있어서 심리적으로 안도감을 느낄 수 있기 때문이다.

그동안 모든 인터뷰 요청에 응했다. 그런데 《토론토 스타》는 다르다. 우리가 사는 곳의 지역신문이고, 120년이 넘는 역사를 가진 캐나다 전역에서 가장 큰 종이 일간지이며, 지금도 평일 35만 부 이상의 유통량을 유지하고 있는 신문이다. 구독자가 35만 명이라니 대단했다. 캐나다의 인구는 3700만 명이 채 되지 않는다.

《토론토 스타》에 실리는 순간 우리가 에스더를 집에서 불법으로 데리고 사는 범법 행위가 만천하에 공개되는 것이다. 그런데도 《토론토 스타》의 요청을 거절하지 못했다. 범법자가 되고 에스더를 뺏길지도 모른다는 두려움도 있었지만 우리는 에스더가 자랑스러웠고, 에스더가 사람들의 주목을 받으면서 즐겁게 살기를 바랐다. 우리의 바람이 역효과를 가져다준다면 기꺼이 받아들이기로 했다. 우리는 이사를 생각하고 있었고, 법적인 문제가 생겨도 이사를 준비할 만한 시간 정도는 있었다.

인터뷰를 할 때마다 우리는 목표가 있었다. 우리의 삶이 에스더 덕분에 얼마나 많이 달라졌는지, 그 사연을 더 많은 사람과 나누고 싶었다. 사람들이 에스더의 멋진 미소를 보기를 바랐고, 이렇게 멋진 동물과 베이컨을 연결시킬 수 있기를 간절히 원했다. 또 에스더가 좋다고 당장 뛰쳐 나가 반려돼지를 덥석 사서는 안 된다는 것도 알리고 싶었다. 에스더와 살면서 우리의 생활은 극단적이고 급격하게 변했다. 우리는 에스더와 함께 사는 방법을 찾아가고 있지만, 대부분의 사람들은 그러기보다 돼지를 버리는 쉬운 선택을 할 것이다.

미니돼지와 새끼 돼지를 혼동해서 생긴 소동을 통해 많은 것을 배웠다. 속아넘어간 사람은 나뿐만이 아니다. 우리와 같은 실수를 한 사람들이 속속 드러났다. 미니돼지인 줄 알았는데 사육용 돼지의 새끼로 밝혀진다면 그 사실을 알고도 계속 돼지를 키울 사람이 얼마나 될까. 이런 일은 앞으로도 종종 일어날 것이고, 그때마다 돼지에게는 끔찍한 결말이 기다릴 것이다. 동물보호소로 보내진 돼지는 안락사를 당하게 된다. 사람들이 우리가 했던 실수를 반복하지 않도록 제대로 알려야 한다는 의무감도 있었다.

우리의 이야기는 《토론토 스타》의 두 번째 페이지에 실렸다. 작게 실릴 거라는 예상과 달리 아주 멋지고 놀라운 기사였다. 이 정도의 언론의 주목은 돈으로도 살 수 없다. TV 황금시간대에 우리 이야기가 방송되거나 에스더 이름이 실시간 검색어에 올라간 것과 같다. 당연히 사람들의 반응은 어마어마했다. 바로 방송국 두 곳에서 인터뷰 요청이 왔다. 맙소사, 이제 우리가 돼지와 산다는 것은 더 이상 비밀이 아니었다.

인터뷰 일정이 잡히면 일단 먼저 집을 치운다. 그리고 에스더가 어떻게 우리의 삶에 들어오게 되었는지, 에스더가 우리와 팬들에게 어떤 영향을 미쳤는지 이야기한다. 우리 이야기는 여기저기서 회자되었고, 지인들은 우리가 연예인처럼 유명해졌다며 놀랐다.

그것의 결과는? 조지타운에서의 생활은 끝났다. 언제 떠날지, 그 시기가 문제일 뿐이다.

바로
이 농장이야

데릭과 나는 농장을 사는 문제를 고민하고 있었다. 그건 꿈이었고 이룰 수 없는 무엇인 것 같은데 마음 한 구석에서는 우리가 해낼 수도 있지 않을까 궁금했다. 그동안 우리의 삶이 예상도 못하게 바뀐 것처럼 그것도 가능하지 않을까? 농장을 사면 무엇을 할까? 동물보호소를 만들어서 에스더 같은 많은 동물을 구할까?

다른 사람들의 생각이 궁금해서 페이지에 글을 올리기로 했다. 에스더의 팬들은 우리 이야기를 잘 알고 있으니 그들의 의견이 궁금했다. 또한 비록 엎드려 절 받기일지 모르지만 사람들로부터 '힘내요.'라는 말을 듣고 싶었던 것 같다. 우리에게는 그런 위로가 절실했다. 사람들의 응원 없이 오직 우리 둘이 결정했다면 답은 뻔하다. 두 남자와 개 둘, 고양이 둘, 돼지는 살던 대로 28평짜리 작은 집에 머무는 것을 선택했을 것이다.

시골에 농장을 사서 이사를 하고, 동물보호소를 운영했으면 한다는 글을 페이지에 올렸다. 반응은 압도적으로 긍정적이었다. 지방의 한 부동산 중개인이 우리에게 글을 남겼다. 자신의 부모님이 돼지 농장을 소유하고 있는데, 우리에게 보여 주고 싶다고 했다.

모든 것이 딱 맞아떨어지는 것 같았다.

바로 중개인이 소개한 농장을 둘러보았다. 나는 그런대로 괜찮았는데 데릭은 전혀 마음이 동하지 않는 모양이었다. 농장은 단층짜리 긴 헛간이었다. 있는 그대로 표현하면 사람이 살 수 있는 방갈로가 붙어 있는 길고 흉한 집이었다. 나는 데릭이 신중하고 빈틈없이 봐 줘서 고마웠다. 데릭이 까다롭게 따져 줘야 내가 실수를 안 하기 때문이다. 나는 이미 흥분해서 판단력이 흐려진 상태였다. 서두르지 않기로 한 우리는 천천히 찾아보기로 결정했다.

그뒤에 본 농장 역시 마음에 들지 않았다. 심지어 갔다가 벌레에 물려서 더 우울했다.

그날 나는 고객에게 보여 줄 부동산 매물 목록을 정리하고 있었다. 고객은 꽤 비싼 부동산을 찾고 있었기 때문에 목록에 있는 부동산 매물은 우리가 쳐다볼 수도 없는 비싼 것뿐이었다. 고객은 30만 달러 정도의 부동산을 원했고, 우리에게 그 액수는 대출로도 감당할 수 없는 수준이었다. 그런데 어느새 나는 고객이 원한 주택과 농장을 둘러보고 있었다. 나 자신에게 '그냥 사진만 보는 거야.'라고 말하고 있었지만 실제로는 '우리 농장 찾기' 임무 수행 중이었다. 사진만 봐서는 어떤 농장인지 알 수 없었고, 가격도 터무니없이 비쌌다. 그래도 데릭에게 사진을 보여 주고 싶었다. 그곳이 삼나무 농장이다.

페이스북 페이지에서 동물보호소에 대해서 이야기할 때만 해도 그건 꿈에 지나지 않았다. 멋진 꿈이었지만 먼 미래의 어느 날에나 가능한 일이었다. 지금은 아니었다.

그 사진들.

사진에서 본 농장의 모습을 머리에서 지울 수가 없었다. 뇌리에 남을 정도로 아주 큰 농장이었다.

나는 집으로 돌아와서 컬러로 출력한 농장 사진을 데릭에게 내밀었다.

"우리, 이 농장 보러 가자."

사진을 조심스럽게 보던 데릭의 눈이 커졌다. 눈이 반짝이는 것 같았다.

곧 데릭이 피식 웃었다. 그렇다. 데릭은 터무니없는 가격을 보고 있었다.

데릭은 나를 올려다보았다. 얼굴에 초콜릿과 빵 부스러기가 잔뜩 묻은 채로 케이크를 먹지 않았다고 발뺌하며 땀을 흘리는 아이를 보는 부모 얼굴 같았다. 나는 데릭의 그 눈빛의 의미를 알고 있다. 하지만 데릭의 눈빛이 반짝인 것도 보았다. 데릭은 "그냥 한 번 보러 가자."는 나의 설득에 응했다.

"이 집을 샀을 때 기억하지? 그때처럼 충동적이면 안 돼. 알았지?"

데릭의 말이 뭘 의미하는지 안다. 그때 나는 고객에게 부동산을 보여 주려다가 데릭에게 전화해서 당장 달려오라고 했고, 우리는 그날 밤 이 집을 샀다.

"이 농장은 위치가 환상적이야."

내 말에 데릭은 동의했다.

가격은? 덜 환상적이다.

솔직히 나는 그 농장이 실제로도 완벽할 것이라고 기대하지 않았다. 왜냐하면 지금까지 그런 적이 없었으니까. 인터넷상의 집을 직접 보는 일은 온라인에서 만난 사람과의 데이트와 비슷하다. 온라인에서 대화를 나눌 때는 무척 똑똑한 것 같고, 사진 또한 멋지지만 직접 만나면 온라인에 있던 사진은 온갖 신체적 약점을 감추고 찍은 10년 전 사진임을 알게 된다. 그리고 말한 것보다 7센티미터나 작고, 몸무게는 족히 15킬로그램은 더 나간다. 성격도 뭐 그렇다.

그래도 나는 그 농장이 필요했다.

그 농장에 한눈에 반했다. 물론 나는 자주 한눈에 반한다.

농장의 진입로에 들어서는 순간 눈에 들어온 것은 말 그대로 환상적이었다. 우거진 숲은 건물을 가리고 있었고, 개울을 가로지르는 구불구불한 진입로, 뿐만 아니라 6만 평에 이르는 땅을 가로지르는 몇백 년 된 돌담까지 너무 아름다워서 숨이 멎는 것 같았다.

우리는 차에서 내릴 생각도 하지 않고 서로를 쳐다보며 외쳤다.

"바로 여기야."

살다보면 그저 알게 되는 순간이 있다. 내가 데릭을 처음 발견한 순간이나 페이스북에서 재회한 옛 친구가 "미니돼지 한 마리 키워 보지 않을래?"라고 메시지를 보냈을 때처럼 말이다. 우리는 이곳이 우리의 농장이라는 것을 알았다.

헛간은 아주 더러웠다. 천장으로부터 늘어진 거미줄은 4미터나 되었고, 딱 봐도 쓸모없는 잡동사니를 보관하는 공간이었다. 무너진 돌담 외에는 제대로 된 울타리조차 없었지만 돌담은 손을 보면 꽤 쓸 만할 것 같았다. 우리가 좋아하는 스타일은 아니었지만 집은 튼튼하고 깨끗했다. 그런데 집이라면 당연히 갖추어야 하는 것, 예를 들면 보일러 같은 것도 없었다. 얼음폭풍이 몰아쳤던 지난겨울의 혹독한 경험으로 우리는 추운 걸 싫어한다. 그렇다고 집, 헛간, 울타리가 결격사유가 될 정도는 아니었다. 우리 취향대로 꾸미려면 엄청나게 많은 일을 해야 하겠지만 우리는 이곳이 완벽한 곳임을 알아보았다.

내가 가격 때문에 겁먹고 있을 때 놀랍게도 데릭은 당장이라도 농장을 살 기세였다. 몇 시간 전까지만 해도 내게 충동적이면 안 된다고 단호하게 말하더니 도대체 어떻게 된 건지 모르겠다. 맙소사, 오히려 내가 책임감과 깐깐함을 담당하게 되다니.

농장은 생각했던 것보다 훨씬 컸다. 하지만 엄청난 삶의 변화를 맞이할 우리에게 이 농장은 좋은 선택인 것 같았다. 게다가 동물보호소를 열기에도 훌륭한 장소였다. 현실적으로 우리가 처한 상황에서 이 농장을 탐낸다는 것은 말도 안 되는 일이지만 에스더의 미소와 수천 명의 격려가 있다고 생각하니 왠지 타당해 보였다.

가식적일 수도 있지만 우리는 세상을 바꾸는 데 일조할 수 있는 기회라고 생각했다. 에스더가 사람들에게 미치는 영향력을 보면 어떤 것도 가능할 것 같았다.

땅이 있는 작은 집으로 이사를 가서 그저 에스더와 계속 함께 살 수만 있다면 행복할 것 같았는데 왠지 이 농장 덕분에 더 큰일을 할 수 있는 기회를 선물로 받을 것 같았다. 그러니 아무리 겁이 나도 어찌 포기할 수 있을까.

물론 망상일지도 모른다. 지인들은 우리에게 제정신이 아니라고 했다.

"너희 둘이랑 돼지가 그 농장을 사기 위해서 필요한 50만 달러를 모을 수 있다고 생각해?"

그들의 지적이 맞다. 50만 달러라니.

주어진 시간은
60일

에스더의 페이지에 농장을 사면 어떨까라는 내용의 글을 올렸다. 우리는 에스더의 페이지를 모든 질문에 답을 주는 수정구슬처럼 이용하고 있었고, 사실 좀 즐기기도 했다. 마음에 드는 농장을 발견했는데 비용이 어마어마하다. 그런데 그곳에 동물보호소를 꾸리고 싶다는 우리의 계획을 밝혔다. 그런데 글을 쓰자마자 무서운 속도로 농장을 사라는 댓글과 메시지가 날아왔다.

우리가 여러분 뒤에 있어요.

마음이 시키는 대로 하세요.

할 수 있다는 걸 당신들도 알잖아요. 잘할 수 있어요!

모든 종류의 긍정과 찬성의 문구, 상상할 수 있는 가장 멋진 댓글,

우리에게 행복을 주고 불안감을 없애 주는 댓글이 끝도 없이 이어졌다. 10만 명의 응원부대였다. 꿈꾸는 일을 이룰 수 있다고 스스로 믿도록 응원하는 응원부대. 돕고 싶다고 제안하는 사람도 있고, 크라우드 펀딩을 시도해 보자는 아이디어도 나왔다.

우리는 앞으로 무슨 일이 일어날지 지켜볼 수밖에 없었다. 제안이 받아들여진다면 다음 단계를 준비하면 되고, 제안이 받아들여지지 않더라도 시도해 본 것에 만족하면 된다. 밑져야 본전 아닌가. 어떻게 진행되든 무조건 받아들이기로 했다.

일은 빠르게 진행되었다. 나는 무엇이든 결정이 나면 바로 움직인다. 그것이 나의 장점이자 단점이다. 농장을 방문하고, 농장을 살 것인지 에스더의 팬들에게 물어보고, 실제로 농장 주인에게 제안하는 일은 일사천리로 진행되었다. 이 모든 일이 사흘 만에 진행되었다. 에스더 팬들의 응원 덕에 농장주에게 가격은 그대로 하되, 60일 동안 다른 사람에게 팔지 말라는 조건부 계약을 할 수 있었다.

나는 농장 주인이 우리의 제안을 받아들이지 않을 거라고 생각했다. 내가 부동산 중개업자이다. 60일 조건부 계약 요구는 터무니없는 일이다. 특히 부동산 경기가 좋을 때는 더 말이 안 된다. 게다가 그 농장은 이미 경쟁자가 있었다. 마치 최고의 영화배우에게 최저 출연료를 줄 테니 에스더의 생애를 다룬 영화에서 주인공 에스더 역할을 맡아 달라고 물어보는 것과 같은 터무니없는 일이었다.

나는 서류를 준비하면서 이런 상황을 데릭에게 자세하게 설명했다. 주인이 우리의 제안을 거부했을 때 데릭이 받을 충격을 덜어 주고 싶었다. 착수금으로 40만 달러 정도는 준비해야 할 것 같은데 우리에게는 여유 자금이 없었다. 낯선 사람들에게서 쏟아지는 낙관적인 말에 현혹되지 않고 현실을 직시해야 했다. 그들은 우리가 사랑하는 사람들이 맞지만 농장 매매에 대해서는 어떤 책임도 의무도 없는 사람들이었다.

농장 주인에게 어떤 대답을 듣더라도 충격받지 않기 위해 마음의 준비를 했다. 데릭과 나는 툭 터놓고 이야기를 나누었는데 솔직히 농장 주인이 우리의 제안을 받아들일 거라고는 눈곱만큼도 생각하지 않았다. 하지만 문이 열리든 열리지 않든 일단 두드려 보고 싶었다. 그러지 않으면 계속 이렇게 떠올리며 후회할 게 뻔했다.

'그 완벽했던 농장 기억나? 우리가 그때 제안을 했다면 농장 주인은 뭐라고 했을까?'

제안서를 보낼 때쯤 우리는 잔뜩 주눅이 들어 있었다. 제안서를 보내지 말까도 생각했다. 경쟁자까지 있는데 이런 평범한 제안서가 먹힐 리가 없었기 때문이다. 그래서 제안서에 우리를 소개하는 편지를 동봉하고 싶다고 부동산 중개인에게 양해를 구했다.

구구절절한 편지를 썼다. 우리에게 이 농장이 왜 필요한지, 농장이 얼마나 마음에 드는지, 우리가 어떤 계획을 가지고 있는지를 차근차

근 써내려 갔다. 농장 주인이 우리의 사연에 마음이 움직여서 도와주기를 기대하며 우리가 가진 모든 패를 공개했다. 단지 집을 사는 것 이상의 의미를 가지고 있다는 것을 농장 주인이 알아 주기를 바랐다. 솔직한 이야기만이 판도를 바꿀 수 있는 변수였고, 경쟁자와 차별화할 수 있는 유일한 무기였다.

우리는 농장을 쪼개서 크고 화려한 대저택을 지으려는 게 아니라는 것을 농장 주인에게 꼭 알리고 싶었다. 당시 이 지역은 대규모 개발이 진행되고 있었다. 사람들은 땅을 사서 여러 구획으로 나눠서 개발한 다음 택지로 팔기 위해서 넓은 농장을 보러 다녔다.

우리는 농장을 그대로 유지하고 싶었다. 농장이 가지고 있는 모든 특징을 그대로 보존하고 싶었고, 농장 주인도 그러기를 바랐다. 만일 농장 주인이 다른 사람에게 매각한다면 1860년 농장이 생긴 이후의 모든 역사는 다 사라질 것이다.

보증금을 낼 시기가 다가오고 있는데 우리가 가진 돈은 5,000달러가 전부였다. 터무니없이 적은 금액이었다. 보통 집값의 2.5퍼센트를 보증금으로 내야 하니 우리가 내야 하는 보증금은 1만 2,500달러였다. 그런데 우리는 말도 안 되는 적은 보증금을 주면서 60일 동안 매물에서 제외시켜 달라는 부탁까지 한 것이다. 게다가 주어진 60일 동안에 돈을 마련할 수 있을지도 정확히 모르면서.

도박사라면 승산 없어 보이는 우리에게 절대 돈을 걸지 않을 것이다. 딜러에게 팁을 주고, 칩을 챙겨서 얼른 그 자리를 떠나는 게 상책이다. 제정신이라면 우리에게 돈을 걸 리가 없다. 특히 그 집을 사려고 현금을 들고 기다리는 사람이 있는 경우에는.

우리의 제안이 말도 안 되게 우스워 보인 것은 낮은 보증금과 더불어 60일 동안 다른 사람에게 팔지 말라는 요구 때문이었다. 5,000달러의 낮은 보증금이 농장 주인에게 가벼운 상처를 입혔다면 60일 동안 매매를 중단해 달라는 제안은 치명타가 분명했다.

나는 11년 동안 부동산 중개업을 해왔다. 그동안 이런 제안을 한 사람을 단 한 명도 본 적이 없다. 우리는 추가 보증금을 제시했는데 그것을 모으려면 시간이 또 필요했다. 우리는 농장 주인에게 돈을 모을 수 있다고 말했고, 농장 주인은 우리를 믿어 줘야 했다. 행운이 있기를!

그리고 마침내….

농장 주인이 우리 제안을 받아들였다. 믿기 어려웠다.

'농장 주인이 우리에게 꺼지라고 말했고, 우리는 마트 뒤쪽에서 트레일러 두 개를 연결한 이동식 주택에 살게 되었다.'가 훨씬 더 현실적인 결말 아닌가.

우리가 더 놀랐다. 농장 주인이 우리에게 전화를 걸어서는 우리가 제안한 것을 거의 그대로 받아들이겠다고 했다. 이제 공은 우리 쪽으로 넘어왔다.

세상에, 이런 일이.

이제 우리가 이 상황을 해결해야 한다.

그런데 이게 정말로 내가 원하는 결과인가?

학교에서 가장 멋진 남학생이나 여학생에게 다가가서 데이트 신청을 한 것과 같은 경우이다. 상대가 데이트 신청을 받아 주는 일도 없겠지만, 그렇다고 잃을 것도 없다. 물론 자존심은 좀 상하겠지만 거절당할 것을 알고 있으니 충격이 그리 크지 않다. 복권을 사서 1등에 당첨되지 않았을 때 느끼는 감정과 같다. 성공 확률이 매우 낮은 것을 아니까.

"그러자."라는 대답을 들을 거라고 기대도 하지 않았던 이상형에게 데이트 신청을 했는데 상대가 허락했고, 이제 정말로 데이트를 해야 하는 상황이 된 것이다.

우리는 이 거래에 사인을 해야 할지 하지 말아야 할지 몇 시간 내에 결정해야 했다. 아니면 꿈의 농장을 떠나보내야 했다. 설상가상으로 에스더는 감기에 걸렸다.

데릭과 나는 조금 혼란스런 상태에 빠졌다. 막연한 희망이 갑자기 실제 상황이 된 것이다. 돈을 어떻게 마련하지? 농장 주인이 우리의 제안을 받아들인 순간, 60일이라는 시간이 째깍째깍 초침 소리와 함께 줄어들기 시작했다.

펀딩
성공!

우리는 크라우드 펀딩 방법을 계속 생각하고 있었다. 치즈 소스 마카로니를 만들려고 펀딩을 한 사람도 성공적으로 모금을 마치는 것을 인터넷에서 봤다. 우리는 그보다 더 좋은 목적을 가지고 있으니 우리도 잘 되지 않을까?

펀딩을 하는 사이트는 아주 많다. 문제는 우리가 크라우드 펀딩을 어떻게 하는지 전혀 모른다는 것이었다. 어떤 사이트를 이용할지, 어떻게 시작할지, 비용은 얼마나 되는지, 모금액수는 어떻게 정하는지 등등. 모금액은 얼마로 할까? 20만 달러? 40만 달러? 60만 달러? 금액이 클수록 좋은 걸까?

정말 어마어마한 일이 코앞에 닥쳐 왔다. 구매할 능력도 없는 우리가 어마어마한 농장을 구매하는 과정에 막 들어서 버렸다. 제대로 해내지 못하면 우리는 모든 것을 잃을 것이다. 우리의 주택담보대출은 방금 세 배가 되었다. 동물보호소를 만든다면 동물을 돌봐야 하는데 동물들 밥값은 얼마나 들까? 얼마나 많은 동물을 구조할 수 있을까? 질문은 끝이 없었고, 모든 일은 엄청난 속도로 진행되고 있었다.

우리는 40만 달러를 목표로 인디고고Indiegogo 사이트에서 크라우드 펀딩을 시작했다. 여러 펀딩 사이트 중에서 가장 융통성이 있는 곳을 선택했다. 어떤 곳은 부동산을 구매하기 위한 펀딩을 허용하지 않았고, 어떤 곳은 목표 금액을 채우지 못하면 모은 돈을 기부한 사람들에게 되돌려 주기도 했다. 인디고고 사이트는 목표를 달성하면 3퍼센트, 달성하지 못하면 9퍼센트의 수수료를 내야 한다. 목표를 달성하지 못해도 높은 수수료만 내면 모인 돈을 받을 수 있었다.

에스더의 팬들은 우리가 크라우드 펀딩을 시작한 순간부터 미친 듯이 결집했다. 첫째 날, 3만 달러를 모았고, 첫 주 동안 기부 금액은 꾸준히 증가했다. 셋째 주에는 16만 달러에 도달했다. 놀라운 결과였다. 그런데 그즈음 약간 주춤했다. 걱정이 되었다. 그래서 신선한 리워드를 준비했다. 사람들이 모금에 계속 관심과 흥미를 갖도록 20달러를 기부한 사람에게는 20달러에 해당하는 리워드를 주고, 새로운 리워드를 추가해서 한 번 기부한 사람이 다시 기부하도록 유도했다.

다른 여러 일도 동시에 진행했다. 60일이라는 시간 동안 농장을 점검하고, 보험에도 가입해야 했다. 한 가지 일에만 매달릴 수 없었고, 많은 일을 단계적으로 완수해 나가야 했다. 또한 우리의 일상도 잘 꾸려 가야 했다.

그런데 에스더의 감기가 점점 더 나빠졌다. 에스더는 소파에 누워 사시나무 떨 듯 떨었다. 크고, 강하고, 행복한 소녀라고 생각했던 에스더가 연약하고, 힘이 없고, 동요하는 모습을 보이자 우리는 공황상태에 빠졌다. 기금 모금 따위는 완전히 잊어버렸다. 에스더는 심지어 먹지도 마시지도 않았다. 예전의 에스더가 아니었다.

부모는 아이(우리에게는 에스더가 아이이다)가 많이 아프면 어떻게 해야 할지 몰라서 동동거리고 나쁜 생각을 하곤 하는데 내가 그랬다. 나는 제정신이 아닐 정도로 겁을 먹고 안절부절못했다.

돼지에게 얼음을 먹이면 열이 나고 몸을 떨게 했던 체온이 떨어진다는 이야기를 들었다. 에스더는 많은 양의 얼음을 먹었고, 며칠 동안 소파에서 몸을 덜덜 떨면서 보냈다. 이제 에스더의 체온을 재야 했다. 에스더의 귀와 배는 뜨거웠고, 피부는 평소보다 훨씬 더 분홍색이었다. 코에 땀이 송골송골 맺혔고, 힘들어 보였다. 그런데 돼지의 체온을 재는 체온계가 집에 없었다.

데릭과 나는 기꺼이 우리가 사용하는 인간용 체온계를 희생시키기로 했다.

우리는 여러 반려동물과 살아서 동물의 체온을 신체의 어느 부위에서 재는지 잘 알고 있었다. 에스더가 자고 있는 동안 항문에 인간용 체온계를 넣어서 체온을 쟀다. 체온계를 꺼내서 보니 열이 있는 것이 확실했다. 탈수가 생기면 안 되니 주스를 먹였다. 그런데 믿기 어렵겠지만 주스를 먹고 에스더의 상태가 좋아졌다. 속은 것 같은 기분이었지만 사실이다. 에스더는 독감에 걸렸던 것이다.

그날 이후 에스더는 차차 회복기에 접어들었다. 체온이 얼마나 내렸는지 알아보려고 체온계를 사용하려 했지만 이후로는 내내 실패했다. 에스더는 엉덩이를 절대 내 주지 않았다. 통제 불능의 미식축

구 수비수처럼 복도를 냅다 달려서 방으로 들어가 버렸다. 마치 '영업 끝!'이라고 말하는 것처럼.

그러는 사이 펀드 모금에 활기를 띨 만한 변수가 생겼다. 이틀 동안 사람들이 기부한 금액과 똑같은 금액을 기부하겠다는 익명의 기부자가 나타난 것이다. 한도액은 5만 달러였다. 상상조차 하기 힘든 믿을 수 없는 제안이었다. 사람들에게 이 제안을 알리자 곧이어 기부가 물밀 듯 들어왔다.

그런데 이 제안은 바로 문제에 부딪혔다. 익명의 기부자 덕분에 이틀 동안 기부가 늘었는데 몇 주가 지났는데도 익명의 기부자로부터 약속한 기부금이 들어오지 않았고 아무런 연락도 없었다. 사람들은 익명의 기부자가 기부를 했는지 확인하기 위해 모금액을 지켜보고 있는데 모금액에는 아무런 변화도 없었다. 우리는 마치 우리가 모금을 종용하기 위해 거짓말을 한 것처럼 보일까 봐 걱정이 되기 시작했다. 물론 대놓고 우리를 비난하는 사람은 없었지만 사람들이 의구심을 갖는 건 당연했다. 우리는 의심받는다는 생각에 힘들었고, 펀딩도 교착 상태에 빠졌다.

에스더의 팬들이 우리에 대한 신뢰를 잃어간다고 생각하니 겁이 났다. 앞이 깜깜했고, 낙오자가 된 기분이었다. 우리에게 정신 나갔다고 손가락질한 사람들이 옳았던 걸까? 우리 자신에게 질문하기 시작했다. 그래, 우리가 멍청이였는지도 몰라. 우리는 이 일을 못해 낼 거야.

하지만 데릭과 나는 서로 신뢰했고, 믿음을 가지고 진행하면 상황이 좋아질 거라고 믿었다. 쉽지 않았지만 방심하지 않기 위해 최선을 다했다. 우리가 옳은 일을 하고 있다는 것도, 사람들이 우리를 믿고 있다는 것도, 이 일을 성사시키기 위해 방법을 찾아야 한다는 것도 잘 알고 있었다.

물론 망했다고 선언하고 바하마로 도망치는 방법도 있었다.

말도 안 되는 농담이고, 그렇게 하지 않을 것이지만, 구미가 당기는 건 사실이었다.

불행 중 다행으로 에스더는 독감에서 회복 중이었다. 펀딩도 회복되어야 했다.

에스더가 장난을 치기 시작할 정도로 독감에서 회복되자마자 익명의 기부자로부터 마침내 돈이 들어왔다. 기막힌 타이밍이었다. 이로써 모금액이 총 24만 달러에 도달했다. 펀딩은 다시 활기를 띠기 시작했지만 몇 주밖에 남지 않았고, 펀딩 성공까지 가려면 아직도 먼 상황이었다. 펀딩 성공이 힘들어 보였다.

펀딩을 마감하기 이틀 전인 6월 28일, 새벽에 데릭이 나를 깨우더니 스마트폰을 내 눈 앞에 갖다댔다.

40만 4,000달러! 목표 금액인 40만 달러를 달성한 것이다. 해냈다. 그동안 우리에게 일어났던 정신 나갔다고 생각했던 일들이 다시 한 번 일어난 것이다. 세상에! 결국 우리가 저질렀어!

그 농장은 현실적으로 절대 우리 농장이 될 수 없었다. 이유는 너무나 많았다. 농장 주인이 우리의 제안을 거절하거나, 크라우드 펀딩이 실패하거나, 우리가 자신이 없어서 변심하거나 등등. 너무나 많은 벽을 넘어서 마침내 해냈다.

불가능하고 무모한 일이었다. 온라인으로 우리를 지켜보고 있는 수백만 명의 사람들에게 그저 우리 자신을 맡긴 것이니까. 이제 이 일은 공식적인 것이 되었고, 더 이상 멈출 수 없는 일이 되었다. 그렇게 우리는 해냈다.

그리고 우리는 농장을 샀다.

이제 우리 집을 팔고 이사를 해야 했다. 농장을 갖는다는 것은 펼쳐 보기에 좋은 여전히 멀리 있는 꿈이었을 뿐, 실제가 아니었다. 그런데 우리는 이제 돌아가고 싶어도 그럴 수 없게 되었다. 사람들에게 농장을 살 거라고 말했고, 농장을 사기 위해 돈을 모았고, 이제 정말 농장을 사야 했다.

거의 모든 사람이 불가능한 일이라 여겼고, 지지하는 사람들조차 걱정하고 염려했다. 세계에서 가장 큰 단체더러 두 달 안에 50만 달러를 모으라는 임무를 준다면, 고전을 면치 못할 것이다. 우리는 단체도 아니었다. 우리가 가진 것이라고는 데릭과 스티브, 에스더와 동물 친구들이 영원히 행복하게 살고 싶다는 꿈이 전부였다. 그런데 해낸 것이다.

살면서 이런 기분을 처음 느꼈다. 나는 3분 간격으로 행복의 눈물을 흘렸다가 두려움의 눈물을 흘리기를 반복했다. 전까지 우리는 스스로를 대단하지 않은 존재라고 생각하며 살았다. 그런데 에스더의 존재가 전 세계 사람들의 관심을 받았고, 이제 새로운 출발선에 섰다.

더 중요한 것은 우리가 추구하는 목표이다. 우리는 많은 동물을 구하고, 우리가 아니었다면 가능하지 않았을지도 모르는 새로운 삶과 보금자리를 동물들에게 줄 것이다. 그것이 전부이다.

에스더가 우리에게 오고 우리의 삶이 얼마나 많이 달라졌는지 돌아보는 것조차 무의미했다. 받아들이고, 꿈꾸고, 현실이 되었다. 감상적으로 들리겠지만 사람들에게 말하고 싶다. 도저히 불가능할 것 같은 도전이 눈앞에 있어도 할 수 있다고 믿으라고. 3년 전, 우리도 이런 일이 가능할 것이라고 절대 생각하지 않았으니까.

8장
사람이 아닌
동물들의 집

난 거품 목욕도 좋아요.

먹고 자고
파헤치고 반복

우리가 운영하는 웹사이트에는 에스더 상점이라는 카테고리가 있는데, 그곳에서 가장 인기 있는 상품은 단연 티셔츠이다. 티셔츠에는 이렇게 쓰여 있다.

먹고 자고 파헤치고 반복Eat Sleep Root Repeat.

먹고, 자고, 파헤치는 것은 에스더가 가장 좋아하는 행동으로 자주 하는 순서대로 적은 것이다. 물론 정확하게 알려면 에스더에게 물어봐야 하겠지만! 티셔츠 문구 중 특히 '파헤치다'는 에스더의 삶에서 협상이 불가능한 요소이다. 돼지는 파헤쳐야 한다. 에스더는 코를 이용해서 풀밭과 잔디밭을 깊게 판 다음 홱 뒤집고, 옆으로 한 발짝 움직여서(기분에 따라 왼쪽일 수도, 오른쪽일 수도 있다) 같은 방법으로 또 다른 구멍을 판다. 에스더는 매일 매시간 파헤친다. 그것도 아주 여러 번.

개는 묻는다. 고양이는 긁는다. 닭은 꼬꼬댁 울고, 뱀은 기어 간다. 미어캣은…. 사실 미어캣이 무엇을 하는지는 모르지만 아마도 사랑스러운 무엇인가를 할 것이다. 동물은 타고난 습성대로 행동하며, 파헤치는 것은 돼지의 타고난 습성이다. 그래서 티셔츠의 슬로건이 '먹고 자고 파헤치고 반복'이 되었다.

지난 2년 사이에 에스더는 집 잔디밭을 완전히 망가뜨렸다. 그래서 우리는 에스더의 생일을 맞아 7월에 뒷마당 잔디를 새로 깔기로 했었다. 새로 깐 잔디 마당에서 생일 파티를 하면 얼마나 근사할까 생각했다. 그러나 그때는 이사를 예상하지 못했을 때이다. 이제 두 달 뒤에는 이 집을 팔아야 했다. 생일에 맞춰 잔디를 새로 깔면 두 달 동안 에스더가 잔디를 신나게 파헤칠 게 뻔했다. 그럼 집을 팔 수 없다. 마당은 그대로 두었다가 이사 가기 직전에 잔디를 새로 까는 게 맞다.

그런데도 우리는 에스더 생일에 맞춰 잔디를 깔았다. 우리가 원래 이렇다.

뒷마당의 잔디를 새로 깐 후 딱 두 달 만에 예전과 똑같은 상태가 되었다. 에스더는 타고난 습성대로 새 잔디를 파헤치고 또 파헤쳤다. 에스더가 가진 능력 중 하나니까. 물론 우리는 화내지 않았다. 에스더는 그저 유전자에 새겨진 본능에 따라 자기가 할 일을 했을 뿐이다. 뒷마당의 잔디를 철저하게 파헤치라고 명령하는 본능. 티셔츠의 문구 이야기를 다시 하자면 '먹고'와 '자고'는 아무런 문제를 일으키지 않는 반면에 '파헤치고'와 '반복'은 확실히 문제를 일으킨다. 우리는 그저 최선을 다해서 피해를 복구했다. 이사를 하려면 집을 팔아야 하니까.

오픈 하우스open house(집을 구매할 의사가 있는 사람들에게 집을 둘러볼 수 있도록 날을 잡아서 공개하는 것) 날짜가 2주 뒤로 잡혔고, 그 2주 동안 우리는 에스더가 파헤쳐 놓은 뒷마당 잔디를 제자리에 다져 넣었다. 뒷마당이 깨끗해 보일 때까지 모든 것을 원상 복구했다. 한 번 할 때마다 평균 45분이 걸렸다. 엄청 피곤했지만 마당 상태가 좋아졌으니 만족스러웠다. 그런데 집에 들어와서 만족한 얼굴로 창밖을 내다보면 족히 열 군데는 다시 뒤집어져 있다. 그사이 에스더가 나가서 뒤집어 놓은 것이다.

잔디 관리 또한 섬세한 과정이 필요하다. 뿌리가 잘 자라도록 물을 충분히 주고 나면 흙이 부드러워진다. 그래야 부드러운 흙 사이로 뿌리가 튼튼하게 내린다. 그런데 그즈음에 270킬로그램의 발레리나가 나타나 춤을 추며 돌아다니면 여기저기 구멍이 파이고 모든 과정은 허사가 된다. 흙은 질척거리고 엉망진창이 된다. 차라리 여우굴이나 벙커를 파는 게 나은 것 같다. 에스더가 지나간 마당은 전쟁터 같다. 그런데도 왜 잔디를 새로 깔았을까? 잔디를 새로 깔고 에스더의 생일 파티를 연 그날은 잔디가 아주 멋졌으니 그걸로 되었다.

마침내 오픈 하우스 날이 되었다. 부동산 중개인과 일곱 팀이 집을 보러 오기로 했고, 일곱 팀과의 약속 시간은 하루 종일 촘촘히 이어져 있었다. 이는 에스더와 데릭이 저장용 컨테이너에서 나올 수 없음을 의미했다. 컨테이너는 상자와 잡동사니를 우겨넣어서 이미 포화상태였다.

이 집에서는 좋은 추억이 많다. 자녀를 둔 부모가 아이들과 오랜 시간을 함께 보낸 집을 떠나며 추억에 잠기는 것처럼 반려동물과 함께 산 우리도 마찬가지이다. 이 집은 우리의 개와 고양이가 성장하고, 그들과 함께 많은 일을 겪고, 크고 작은 기쁨을 함께한 곳이다. 에스더가 운동화만큼 작았을 때부터 우리와 함께 살기 시작한 집이다. 이 집에 올 사람도 우리처럼 이 집을 사랑하길 바랐다.

그런데 집을 보러 온 사람들이 그리 열렬한 반응을 보이지 않아 걱정이 되기 시작했을 때쯤 다행히 마지막으로 온 여성이 우리 집과 마당을 무척 좋아했다. 그녀는 마당이 마음에 든다고 했다. 친절하고 소중한 것의 진가를 알아봐 주는 사람이어서 우리도 행복했다. 그녀는 집을 꼼꼼하게 둘러봤고, 대출 문제도 물었다. 우리는 11월에 모든 계약이 마무리되기를 원했다. 11월 6일에 농장 구매 계약을 하고, 11월 10일에 집을 넘겨 주면 될 것 같았다. 이제 남은 일은 집을 살 사람이 계약서에 사인을 하기 전까지 우리 집을 꼼꼼하게 살필 때 별일이 일어나지만 않으면 된다. 우리는 잘못될 일이 뭐가 있겠어 생각했다.

하지만 별일은 일어난다.

구매자가 집을 보러 올 때에는 에스더를 숨겨야 했다. 물론 에스더를 실제로 '숨길 수 있는' 방법은 없었고, 사람들을 방해하지 않도록 에스더를 이리저리 몰아서 집 밖에 있도록 해야 했다. 에스더를 계속 밖에 두는 것은 아이에게 하루 종일 게임만 하고 방 밖으로는 나오지 말라는 것과 같은 꽤 괜찮은 전략 같지만 에스더는 예정보다 길어진 발정기 때문에 밖에 있는 것을 썩 좋아하지 않았다. 에스더는 동물인데 밖에 나가는 것을 좋아하지 않는다니 이상하다고 생각할 수도 있겠지만 에스더는 자신이 사람인 줄 안다. 사람은 하루 종일 밖에 나가 있지 않는다. 에스더도 집 안에 있으면서 나가고 싶을 때 나가고, 들어오고 싶을 때 언제든 들어오는 것을 좋아한다. 원하는 대로 하지 못하면, 에스더는 소리를 지른다.

구매자가 집을 살피는 동안 에스더는 안으로 들여보내 달라며 제트 여객기처럼 굉음을 냈다. 그럴 때마다 식은땀을 흘렸다. 이러다가 계약이 깨지면 어쩌나 전전긍긍하던 그 많은 날들.

팔렸음

마침내 에스더가 굉음을 내든 말든 문제가 되지 않는 날이 왔다. 이삿날이 온 것이다. 누구도 에스더가 굉음을 낸다고 눈치 주지 않았다. 우리는 에스더가 마음껏 소리를 지르도록 내버려두었다. 에스더의 굉음에 기겁하고 사람들이 들을까 봐 에스더를 조용히 시키기 위해 마음을 졸이지 않았다. 누구는 소리를 지르고 싶을 때 그렇게 하는 게 건강에 좋다고도 했다. 에스더만이 아니라 우리도 오래오래 소리를 지르고 싶은 심정이었다.

이사를 준비하는 과정 동안 에스더는 불안한 모습을 보였다. 살림살이를 상자에 넣고, 포장하고, 옮기는 동안 에스더는 불안해했다. 반려동물과 사는 사람이라면 안다. 동물들은 변화를 잘 알아차리며, 에스더 또한 무슨 일이 일어나고 있음을 알아차렸다. 에스더는 우리의 모든 움직임을 주시했다. 옮기던 상자를 잠시 내려놓으면 다가와서는 코로 상자를 톡톡 두드려 보았다. 그러더니 에스더는 어느 순간 집을 지키는 경비견보다 더 뛰어난 집지킴이 돼지가 되어 있었다.

지금까지 에스더는 한 번도 그런 적이 없었다. 에스더는 한 번도 방 구석에 있는 램프에 관심을 보인 적이 없다. 그런데 갑자기 마치 '저기 있던 램프 어디로 치운 거야?' 물어보는 듯한 표정으로 우리를 쳐다보았다. 우리가 변호사를 만나거나 처리해야 할 일이 있어서 집을 비웠다가 돌아오면, 항상 보여 주던 느긋한 태도가 아니라 궁금하고 불안해하는 태도로 우리를 대했다. 에스더는 팔짱을 끼고, 분노를 담아 박자에 맞춰 발끝으로 바닥을 까닥까닥 두드리며 '그래서 지금까지 어디 있었던 거야?'라고 묻는 것 같았다. 그동안 에스더가 불안해하거나 긴장할 때면 민트를 주었다. 그러면 민트를 빨다가 긴장이 풀려서 잠자리에 들곤 했다. 하지만 이번에는 민트도 소용없었다.

에스더는 평소보다 더 많이 서성거렸고, 침실에 들어오려고 했다. 침실 문이 닫혀 있으면 공격적으로 변할 정도로 우리와 떨어지기 싫어했고 긴장한 모습이 역력했다. 우리가 거실에서 TV를 보면서 이야기를 나누는 등 평소에 하는 행동을 하지 않는 것도 이상한 모양이었다. 하지만 우리는 정말 바빴다! 수많은 짐을 싸서 지하실로 옮겨놓는 것만으로도 힘들었다. 우리는 끊임없이 움직였고, 에스더는 그런 우리의 움직임을 주시했다.

지하실로 내려가는 계단은 중간에 한 번 꺾여 있는데 에스더는 계단을 내려오다가 그곳에서 몸을 돌리고 멈춰 서서 꿀꿀거린다. 그러면 우리는 달려가서 에스더를 다시 위로 올려 보낸다. 일단 에스더가 지하실로 내려가면 다시 데리고 올라올 수 있을지 없을지 알 수 없었기 때문이다. 에스더가 마지막으로 지하실에 내려간 후로 에스더의 몸집이 엄청나게 커졌기 때문에 우리는 위험을 감수하고 싶지 않았다. 게다가 계단의 옆면이 뚫려 있어서 다리가 밖으로 미끄러질까 봐, 계단에서 떨어져서 다리가 부러질까 봐 항상 전전긍긍했다. 그래서 그럴 때면 우리 중 한 사람은 에스더가 올라가도록 호위하고, 다른 한 사람은 얼른 부엌으로 가서 민트 통을 흔든다. 민트 통을 흔들 때 나는 소리가 에스더에게는 초인종과 같다. 이 소리가 들리면 에스더는 반드시 달려간다. 성공률 100퍼센트의 유인책이다. 캔 따개를 열면 집 안 어딘가에 있던 고양이가 바로 앞에 나타나는 것처럼.

우리가 지하실에서 짐을 정리하는 내내 이 과정이 끊임없이 되풀이되었다. 에스더가 집 안 어딘가에서 자고 있다고 믿으며 지하실에서한참 짐을 싸다가도 에스더의 발자국 소리가 들리면 누군가는 민트통을 향해 달려갔다.

물론 우리가 계속 이삿짐만 싸고 있는 것은 아니어서 에스더가 계속 신경이 곤두서 있는 채 지내지는 않았지만 확실히 평온하고 조용하던 때와는 사뭇 달랐다. 내가 컴퓨터 앞에 앉아서 무언가를 하고 있으면 에스더는 내 손바닥에 코를 비비는 것을 좋아한다. 그래서 나는바쁜 와중에도 자판을 한 손으로 쳐야 했다. 고양이와 사는 사람들은이 상황을 쉽게 이해할 것이다. 어린 아이를 키우는 부모처럼 우리의한쪽 귀는 언제나 에스더를 향해 열려 있었다. 에스더는 싱크대 위에있는 것을 먹으려고 부엌을 엉망으로 만들 가능성이 높은 아주아주큰 어린 아이니까.

하루는 에스더와 집 앞으로 나갔다. 집 앞에 걸린 '팔렸음SOLD' 팻말 앞에서 에스더와 함께 사진을 찍고 싶었다. 그 전까지 에스더를 숨겨야 했기에 해보지 못했지만, 이 날은 에스더와 함께 의기양양하게집 앞으로 걸어 나가서 팻말 앞에서 포즈를 취할 수 있어서 데릭과 나는 꽤 흥분했다. 에스더의 팬에게 보여 주기 위한 사진이기도 했다.하늘을 날 듯 기분이 좋았다. 데릭과 내 집이기도 하지만 에스더의 집이기도 한데 이제야 비로소 에스더가 자기 집 앞에 당당하게 서게 된 것이다. 에스더와 시작한 우리 삶의 한 장이 끝나는 순간이었다. 물론 신나는 새로운 장이 시작되는 순간이기도 했다.

운전대를
잡고 있는 돼지

나는 동시에 진행되는 여러 일로 무척 산만한 상태여서 날짜도 모르고 살았다. 그날도 변호사의 전화를 받으면서도 변호사가 왜 전화했는지 의아했다. 변호사는 거래가 완료되었으니 이사 갈 집의 열쇠를 받으러 오라고 했다. 변호사의 말에 나는 화들짝 놀랐다. 꿈을 향해서 정신없이 달렸다. 너무 많은 일을 벌였고, 많은 일이 일어났고, 해낼 수 있다고 생각하며 꿋꿋하게 앞으로 달려왔다. 이제 주위를 둘러보니 모든 것이 다 이루어져 있었다. 이게 꿈일까? 누군가가 꿈에서 깨라고 흔들 것 같았다.

다양한 감정이 밀려왔다. 눈물을 흘려야 할지 웃음을 터뜨려야 할지…. 아니면 승리의 함성을 질러야 할지 알 수 없었다. 내가 느끼는 감정의 깊이와 넓이를 어떻게 처리해야 할지 몰라서 쩔쩔맸다. 마침내 열쇠를 손에 쥐었다. 부동산 중개를 오랫동안 했던 나도 계약이 완료되었다는 소식에 이렇게 놀라는데 데릭은 어떨까 생각했다. 데릭에게 근사한 선물을 줄 수 있겠다고 생각했다.

데릭에게 이 기쁜 소식을 기발하게 전하고 싶었지만 솔직히 그러기에는 너무 바빴고 시간도 없었다. 우연히 열쇠를 찾은 것처럼 하는 보물찾기 방법은 어떨까, 서프라이즈 방법은? 데릭이 아니고 내가 마술사였다면 얼마나 좋았을까 생각했다. 데릭의 귀 뒤에서 동전을 꺼내는 척하면서 농장 열쇠를 꺼냈을 텐데.

이런 고민과 달리 나는 흥분한 바보처럼 집 안으로 뛰어들어 가면서 소리쳤다.

"데릭, 열쇠를 받았어, 열쇠를 받았다고!"

바보처럼 소리치는 것은 물론 병 안에 들어 있는 열쇠 꾸러미도 마구 흔들었다.

"열쇠 꾸러미라는 게 이렇게 생겼다고!"

데릭에게 기쁨과 환희를 온몸으로 전달했다.

우리는 셸비, 루벤과 함께 곧장 농장으로 달려가서 농장에 첫 발을 디뎠다. 매번 부동산 중개인이나 지인 등과 함께 갔는데 이번에는 우리뿐이었다.

나는 어린 아이처럼 울었다. 원하는 것을 이루었을 때 사람들이 그러는 것처럼.

우리는 개들과 함께 구석구석 모든 곳을 탐색했다. 셸비와 루벤은 농장에 처음 왔기 때문에 그들에게 이 순간은 완전히 새로운 경험이었다. 둘은 탐색을 시작하면서 완전 신났다. 농장에 완전히 빠져들었다. 녀석들에게 농장 산책은 대단한 선물이었다. 탐색하기 위해 볼 것도 냄새 맡을 것도 많은 전혀 새로운 모험. 그들에게 이 순간이 선물이 될지 우리도 몰랐다. 잔뜩 신난 녀석들의 모습을 보면서 우리도 정말 행복했다.

셸비와 루벤은 이 방에서 저 방으로 뛰어다니고, 다시 밖으로 나가 트레일러를 통과했다. 데릭과 나도 똑같이 뛰어다녔다. 새로운 집주인으로 해야 할 일이 많았기 때문이다. 모든 것이 제대로 작동하는지 확인하고 점검해야 했다. 있어야 될 것이 있는지, 전 주인이 두고 가겠다고 말한 것들이 그대로 남아 있는지, 있어서는 안 되는 것들은 다 치워졌는지 살폈다.

다 살펴본 결과 걱정할 필요가 없었다. 전 주인은 약속을 잘 지켰고, 몇 가지 물건과 함께 친절한 메모도 남겨놓았다. 예를 들면, 전 주인이 철도회사에서 일할 때 받았던 기차 모형 같은 것 말이다. 전 주인이 은퇴할 때 회사는 금속으로 만든 기차 모형을 선물했는데, 그 안에는 농장동물 모형이 들어 있었다. 회사 사람들은 은퇴 후 농부가 되겠다는 그를 살짝 놀리고 싶어서 그런 선물을 준 것 같은데, 우연히도 운전석에 돼지가 앉아 있었다. 얼마나 완벽한가? 현재 우리의 모습을 잘 나타내 주는 선물이었다. 운전대를 잡고 있는 돼지. 우리의 삶을 이보다 더 잘 보여 주는 은유는 없었다.

그때까지도 농장이 우리 소유라는 것이 믿기지 않았다. 이것저것

고치고 새로 만들고 페인트칠도 해야 하는 등 손볼 곳이 한두 군데가 아니었지만 개의치 않았다. 우리는 생각보다 훨씬 대단한 일을 해낸 것이다. 사람들은 시골의 전원주택, 다락방이 있는 도시의 복층 아파트, 바닷가의 전망 좋은 집 등을 낙원이라 생각하며 꿈꾼다. 우리에게 낙원은 농장이었고, 마침내 낙원에 살게 되었다.

그리고 우리는 이 농장에서 '좋은 일'을 할 것이다. 도움이 필요한 동물을 많이 구할 것이다. 농장은 우리의 집이 아니다. 농장은 많은 동물들의 집이 될 것이고, 먹을 것과 머물 곳 같은 기본적인 것은 물론 관심, 사랑, 공감, 애정, 희망까지 제공할 것이다.

보통 새 집, 새 땅에 들어가면 그곳에서 일어날 멋진 일을 상상한다. 마찬가지이지만 우리는 단지 새로운 집으로 이사한 것이 아니었다. 도움이 필요한 동물을 위한 집이었으니 일반 새 집과는 개념이 다르다. 이곳은 동물들에게 터널 저쪽 끝에 보이는 빛과 같은 존재가 되어야 한다. 학대당하고, 방치되고, 혹사당한 동물에게 구원의 손길이 될 것이다. 사랑스럽고 순수한 창조물에게 인간이 하는 행동은 얼마나 잔혹한가. 에스더의 이야기는 많은 사람들에게 감동을 주었고, 그들이 함께 해 주었기 때문에 꿈 같은 일이 현실이 되었다.

데릭과 나는 얼싸안고 껑충껑충 뛰며 번갈아 울다가, 둘이 동시에 웃다가, 울다가 했다. 우리는 함께 다시 시작하고 있었다. 믿을 수 없는 감정이었다. 농장을 산책하면서 전에 왔을 때 보지 못한 사소한 것들을 계속 발견했다.

"이걸 몰랐네."

"전에는 여기서 이런 걸 본 적이 없는데….”

땅 전체를 제대로 알기 전에는 계속 이런 이야기를 나눌 것이다. 흥분과 전율이 일었다. 농장에는 낯설고 새로운 것이 무궁무진하게 많았다. 우리가 시작하는 모험과 그 모험이 가져다줄 가능성은 어디까지일까.

조지타운에서의
마지막 밤

다음 날, 우리는 트럭을 구해서 바쁘게 움직였다. 에스더는 기분이 언짢았는데, 나와 데릭, 우리 부모님이 그날 하루를 뒷마당에 울타리를 치며 보냈기 때문이다. 이삿날 이삿짐을 옮기는 동안 에스더를 가둘 울타리를 쳐야 했기 때문이다.

이삿날인 11월 8일에 '날 해방시켜 줘Set Me Free 이벤트'를 계획하고 있었다. 모두가 지켜보는 가운데 집으로 들어가는 이벤트로 인디고고에서 펀딩할 때 추가한 리워드 중 하나였다. 수많은 에스더의 팬들이 새집으로 들어가는 에스더를 축하하기 위해 먼 길을 달려오고 있었고, 우리는 조촐한 감사 파티를 준비하고 있었다. 그러니 울타리를 칠 수 있는 시간은 딱 하루뿐이었다. 우리는 투지를 발휘해서 땀을 뻘뻘 흘리며 울타리 치는 일을 제때 끝마쳤는데 하루 종일 집에서 혼자 지낸 에스더는 별로 행복하지 않은 모양이었다.

집에 들어가니 에스더가 자기 침대를 거실 한가운데로 옮겨 놓고, 카펫을 아코디언처럼 여러 겹으로 겹쳐서 엉망으로 만들어 놓았다. 그러고는 카펫 다발을 베개처럼 벤 채 누워 있었다. 나는 에스더가 어떤 생각으로 집 안을 이런 상태로 만들었는지 알 것 같았다.

"모든 게 엉망이야. 젠장, 나도 가구 좀 옮겨 봤어."

이사를 준비할 때까지만 해도 온갖 감정이 복잡하게 뒤엉켜 있었는데, 막상 이사를 하게 되니 이상하리만치 담담하고 멍하기까지 했다. 사실 좀 비현실적이니까. 하지만 때로 담담한 것 같으면서도 감정이 격해지는 순간이 있었다. 이사하기 며칠 전이 가장 그랬다. 일을 마치고 집으로 돌아오는 길이었는데 집 주차장으로 들어가려고 우회전을 하려는 순간 생각이 마구잡이로 뒤섞였다. '집으로 가기 위해 이 길을 지나가는 것도 마지막이구나.'라는 생각에 나는 감당할 수 없는 슬픔에 빠졌다.

농장으로의 꿈같은 이사는 신나는 일이었지만 이런 일이 아니었다면 이 집을 떠나지 않았을 것이다. 에스더를 만나기 전 우리는 집을 리모델링하겠다는 원대한 계획을 세우고 있었다. 이 집은 우리의 첫 집이었고, 언제가 될지는 모르지만 우리의 꿈인 시골로 이사를 가기 전까지는 계속 이 집에서 살려고 했다. 그런데 예상 밖의 일로 이사를 가게 되다니…. 마당의 잔디와 현관 앞 계단을 보면서 나는 아기처럼 흐느꼈다.

그동안 일이 너무 빨리 진행되어서 데릭과 나는 잠깐이라도 차분하게 이야기를 나눌 시간이 없었다. 어떤 일에 맹렬한 기세로 집중하다 보면 놓치게 되는 게 있다. 우리 일은 잘 진행되고 있었지만 돌이켜 볼 기회가 없었다. 우리는 그동안 이런 얘기만 했다.

"이건 잘 해결된 거지? 다음에는 뭘 해야 하지? 변호사는 준비됐어? 대출은 문제없는 거지?"

줄곧 일과 관련된 이야기만 나누었다. 재정적인 걱정이 많았기 때문에 수입이 줄지 않도록 각자의 일을 성실히 했고, 파산하면 안 되니 여유 자금이 있는지도 계속 점검해야 했다.

일은 미친 듯이 빠르게 진행되었고, 농장에서의 파티도 잘 치러야 했다. 이사하기 나흘 전에 농장 열쇠를 받아서 시간이 넉넉지 않아 매일 매일이 전쟁이었다. 계획대로 이 모든 것이 착착 진행되어야 한다고 생각하다 보니 스트레스가 엄청 심했다.

이사하기 이틀 전이 가장 바빴다. 친구들이 와서 하루 종일 이삿짐을 싸 줬다. 저녁에 친구들이 모두 돌아가고 나서야 데릭과 나는 비로소 황량해 보이는 텅 빈 집에 앉을 수 있었다. 러그는 돌돌 말려 있고, 포장된 많은 상자는 싱크대와 거실 탁자 위 곳곳에 흩어져 있었다. 포장에 쓰이는 신문지 더미도 집 안 여기저기 어지럽게 놓여 있었다.

우리는 저녁을 먹고 노트북으로 애니메이션 〈킹 오브 더 힐King of the Hil〉(1997년부터 14년간 미국 폭스 채널에서 방송된 애니메이션)을 봤다. 우리는 아무 말도 하지 않았다. 각자 생각에 잠겼다. 누군가 "이제 다 됐어. 조지타운에서의 우리의 삶은 여기까지야."라고 말하면 둘 다 울음을 터뜨릴 것 같았다. 나는 이미 혼자서 여러 번 울었고, 데릭도 그랬을 것이다. 우리는 상처받기 쉬운 사람임을 서로 잘 알기에 감정을 잘 숨긴다. 물론 하루 종일 이삿짐을 쌌더니 감정을 표현할 만한 조금의 에너지도 남아 있지 않았다.

샴페인으로 건배를 하며 이 집과 작별 인사를 하거나 양초를 켜고 저녁을 먹지도 못했다. 그날은 종이 상자와 돌돌 뭉친 신문지 조각 위에 놓인 데운 수프가 전부였다. 그런데 나름 세련되고 로맨틱했다. 그날밤 우리는 아주 일찍 잠이 들었다. 녹초가 되었기 때문이기도 하고, 다음 날부터 이틀 동안은 에스더를 옮기기 전에 새 집을 정돈하느라 혼돈의 시간을 보내야 했기 때문이다.

열쇠를 받은 후 고작 며칠 동안 이삿짐을 싸고, 옮기고, 에스더를 위한 울타리를 치고, 파티 준비도 했다. 이사하는 날 파티를 여는 것이 좋은 아이디어인지 모르겠지만 그래도 괜찮다. 어차피 나는 하나부터 열까지 고려해서 일을 벌이는 사람이 아니니까. 살림살이는 대부분 이삿짐 더미 속에 그대로 둔 채 우리는 아무 살림살이도 없는 조지타운 집에서 하루를 더 보내기로 했다. 다음 날 에스더를 옮기고 나면 다시는 이 집에서 지낼 수 없으니까. 기분이 정말 이상했다. 소파는 물론이고 앉을 만한 의자도 없었다. 하지만 괜찮았다. 에스더와 개들과 마룻바닥에 앉아 있으니 집 안에서 캠핑하는 기분이었다.

물론 고양이 델로리스와 피니건도 함께 있었지만 그 녀석들은 마룻바닥에서 뒹굴지 않는다. 고양이 반려인이라면 알 것이다. 다행히 델로리스와 피니건은 짐을 싸고 옮기는 일에 크게 스트레스를 받지 않았다. 박스는 절대 그냥 보기만 하지 않고 꼭 한 번씩 들어갔다. 사람들이 새 자동차를 좋아하는 것처럼 고양이들은 새 박스를 사랑한다. '음, 새로운 박스에서 나는 냄새만큼 좋은 건 없지.' 고양이에게 박스만 한 것은 없다.

고양이들은 자기 방식대로 산다. 먹고 싶을 때 먹고, 원할 때만 만지게 하고, 깨끗한 화장실을 원하고, 가끔 우리 얼굴에 엉덩이를 들이민다. 이렇게 고양이처럼 행동하며 사는 사람도 있기는 하다. 인간계에도 고양이처럼 행동하는 사람이 있지만 계속 그렇게 살기는 쉽지 않다. 자기 방식대로의 행동을 고수하면서 계속 살아갈 수 있는 유일한 존재는, 오직 고양이뿐이다.

사람에게 안기기 좋아하는 피니건은 개에 가깝다. 전형적인 고양이인 도도한 델로리스와는 사뭇 다르다. 델로리스는 얄미운 고양이처럼 굴 때가 있다. 둘 다 밤 외출을 좋아하는데 종종 꽤 늦게 귀가해서 애를 태울 때가 있다. 그래서 데릭과 나는 고양이들이 어디에 있는지, 무엇을 하는지 서로 '안 묻고, 말하지 않을' 때가 있다. 둘 다 답을 모르니까.

이사하기 전날 밤, 고양이들을 외출시키지 않고 방에 넣고 문을 닫았다. 그래야 다음 날 아침에 바로 이동장에 넣을 수 있으니까. 밤 외출을 금지당한 피니건과 델로리스는 이유도 모른 채 슬픈 밤을 보냈다.

그날밤 우리는 밤새 거의 잠들지 못했다. 농장 생활의 첫 날에 대한 기대와 흥분도 있었지만 농장동물을 옮기는 것이 얼마나 어려운지 들어서 걱정이 많았다. 에스더는 당시 몸무게가 꽉 채운 0.3톤이었다. 게다가 에스더에게는 첫 번째 장거리 여행이었다. 에스더가 엄청 스트레스를 받겠지만 여러 의미로 진정한 도전의 시작이니 잘 되기만을 바랄 수밖에 없었다. 수의사가 동행해서 만약에 대비했다. 필요하면 안정제를 투여하기로 했다. 하지만 안정제는 가능한 한 투여하고 싶지 않았다. 에스더가 사람들 앞에 처음으로 서는 날이기도 하니까. 축하하러 온 사람들 앞에 에스더가 에스더 본연의 모습으로 나서기를 바랐다.

9장
돼지가 인간의
삶을 바꾸다

아빠의 영원히 사랑스러운 딸, 에스더.

목적지로 제대로
가고 있는 걸까

이사하는 날 아침, 감당할 수 없는 걱정과 불안함에 잠에서 깼다. 쿵쾅거리는 내 심장박동 소리에 깬 것 같기도 하다. 눈을 뜨니 데릭은 벌써 깨서 종종걸음으로 집 안을 돌아다니고 있었다. 해야 할 일이 뭐가 남아 있는지 점검하기 위해 나는 거실로 갔고, 데릭은 지하실에서 부산하게 움직이고 있었다. 에스더는 평소처럼 자기 침대에서 코를 골며 자고 있었다. '모르는 게 약'이라는 말은 돼지에게도 해당된다.

나는 차를 끓이고, 이메일을 확인하고, 아침마다 일상적으로 하는 일을 했다. 잠깐이라도 긴장을 풀고 싶었다. 이삿짐업체가 도착하면 그때부터는 모든 일이 미친 듯이 진행될 게 뻔했다. 그날은 데릭도 나와 비슷하게 불안한 상태였다. 데릭은 지하실에서 괜히 상자들을 이리저리 옮겼다. 나는 지하실로 내려가다가 바로 올라왔다. 잠에서 깨서 얼른 아침을 준비하라고 알리는 공주님의 딸각거리는 발굽 소리가 들렸기 때문이다. 마치 가운을 입은 채로 하품을 하고 기지개를 켠 다음 코로 부엌을 가리키면서 이렇게 말하는 것 같았다.

"신사 여러분, 얼른 얼른 아침밥을 준비합시다. 아침밥은 하루 세 끼 중 가장 중요하다고요!"

물론 우리의 덩치 큰 돼지 아가씨에게는 모든 끼니가 똑같이 중요하지만 말이다.

올라가 보니 에스더는 이미 부엌에서 밥을 기다리고 있었다. 내가 부엌으로 들어가자 냉장고 앞에 자리를 잡고서는 꿀꿀거리고 있었다. 에스더는 아침이면 일상적으로 진행되는 일들을 알고 있다. 에스더의 기상 발굽 소리 후에 아침밥을 대령하기까지의 시간은 최대한 짧아야 한다. 조금이라도 지체하면 에스더는 다그치듯 꿀꿀거린다.

에스더는 걸신 들린 듯 음식을 먹고 난 후 밖으로 나가서 볼일을 보았다. 에스더가 속을 비우는 동안 나는 뒷문에 기대어 서서 차를 마셨다. 에스더가 뒷마당에서 보내는 마지막 아침이었고, 물론 내가 뒷마당에서 보내는 마지막 아침이기도 했다. 어느새 눈에서 눈물이 흐르고 있었다. 정든 집을 떠나는 슬픔 그리고 새로운 농장에서 에스더를 위해 훨씬 더 많은 일을 할 수 있게 되어 흘리는 행복의 눈물. 떠나기 전에 이 집에서 겪은 특별한 시간들을 떠올리고 회상하며 온전히 몇 분의 시간을 보낼 수 있어서 좋았다. 우리의 새로운 집이 얼마나 환상적인지와 상관없이, 나는 이곳이, 우리의 첫 집이 그리울 것이다. 온전한 혼자만의 시간을 보낸 후 이사 준비를 하려고 천천히 집 안으로 들어갔다.

9시가 조금 지나 있었다. 데릭도 지하실에서는 느릿느릿 움직이더니 올라와서는 재빨리 움직이고 있었다. 데릭은 가방을 챙기고, 메모를 확인하고, 수의사에게 전화를 거는 등 모든 것이 일정대로 진행될 수 있는지 확인했다. 잠시 후 사람들이 서서히 몰려오기 시작했다. 사람들이 들이닥치자 금세 혼란스럽고 분주해졌다. 사람들은 흥분했고, 데릭과 나는 이 순간을 즐기고 싶었지만 쉽지 않았다. 사람들은 짐을 옮기고, 이사를 하는 데 도움을 주고 싶어서 마음을 썼지만 당시 우리에게 중요한 것은 오직 하나였다. 에스더와 개, 고양이를 확실하고 안전하게 옮기는 것!

수많은 사람들로 북적대는 와중에 트레일러가 도착했다. 나는 아무에게도 알리지 않고 에스더가 있는 뒷마당으로 조용히 빠져나왔다.

"에스더!"

나는 에스더 옆에 무릎을 꿇고 앉아 에스더의 등을 쓰다듬으며 트레일러를 가리켰다.

"몇 분 뒤에 집 앞으로 가서 저 트레일러를 탈 거야."

에스더는 트레일러를 쳐다보았고, 눈을 깜빡거린 다음 나를 다시 쳐다보았다.

"내가 끝까지 너와 함께 있을 거야."

다음 문장을 입에서 꺼내자마자 내 목소리는 갈라졌다.

"우리는 이제 농장으로 갈 거야. 크고, 아름답고, 아주 멋진 곳이야."

에스더가 내 말을 이해했는지 알 수 없지만, 에스더의 눈이 무언가를 말하는 것 같기도 했다.

"정말 사랑해, 우리 공주님."

말을 끝내고 나는 또 울었다. 누가 봤다면 미친 사람이라고 생각했을 것이다. 나는 지금 무슨 일이 벌어지고 있고, 앞으로 무슨 일이 벌어질지 에스더에게 설명해 주고 싶었다. 에스더는 알아들을 수 있으니까.

그날 나는 당사자라기보다는 일어나고 있는 모든 일에서 한 발 떨어져 있는 관찰자 같았다. 마치 영화를 보고 있는 기분이었다. 유체이탈 체험처럼 터무니없는 게 아니라 꿈을 꾸는 듯한 묘한 느낌이었다. 마치 공중에서 모든 것을 내려다보는 것 같았다. 사람들이 떠드는 소리가 뚜렷해졌다가 흐려졌다 했다. 온갖 생각이 떠올라 집중할 수 없는 상태였는데, 에스더를 트레일러에 태워야 하는 순간이 다가올수록 머릿속이 점점 더 복잡해졌다.

모두 네 대의 차가 농장까지 우리를 호위하기로 했다. 수의사, 내 부모님과 여동생, 동물 사진을 찍는 유명한 사진작가 조 앤 맥아서Jo-Anne McArthur. 조 앤 맥아서는 이사 과정을 사진으로 찍어서 기록으로 남기기 위해 함께했다. 고양이들을 가장 먼저 이동장에 넣어서 차에 태웠고, 개들도 곧 차에 올랐다. 이제 우리의 큼직한 공주님을 옮길 차례였다.

과연 에스더를 트레일러 안으로 잘 옮길 수 있을지 누구도 알 수 없었다. 에스더가 스스로 트레일러에 탈까? 아니면 저 덩치를 어떻게 트레일러에 밀어넣지? 트레일러에 태우기 전에 에스더를 안정시킬 겸 에스더와 밖에서 시간을 좀 보냈다. 평소 하던 대로 땅을 파헤치고 자연스럽게 놀도록 내버려두었다.

마침내 운명의 시간. 과연…. 맙소사! 에스더를 트레일러에 태우는 데 채 5분도 걸리지 않았다. 오랜 고민이 무색할 정도였다. 데릭과 내가 먼저 트레일러에 올라가서 에스더가 좋아하는 간식과 사과를 내밀자 에스더는 조금의 망설임도 없이 냉큼 올라탔다! 들었던 수많은 주의사항과 경고 때문에 신경이 곤두서 있었는데, 이렇게 싱겁게 끝나버리다니!

운송업체에는 트레일러 뒤쪽에 에스더와 함께 사람이 두 명 탄다고 미리 알렸다. 가축을 이동시킬 때 사람이 트레일러에 타는 것은 불법이다. 하지만 에스더만 트레일러에 태우려니 불안했다. 다행히 운송업체에서는 에스더가 흥분해서 사고가 날 만일의 경우를 대비해서 트레일러 안에 1.2미터 높이의 차단벽을 마련해 주었다. 에스더가 우리를 의도적으로 공격하지는 않겠지만 공황상태에 빠지면 어떤 일이 벌어질지 알 수 없는 일이다.

트레일러의 문을 닫으면서 친구가 물었다.

"기분이 어때?"

"글쎄, 뭐라고 해야 할지 모르겠다."

울먹이면서 말하는 데릭을 끌어안고 우리는 함께 웃음을 터뜨렸다. 트레일러는 천천히 움직이기 시작했다.

트레일러 안에는 건초가 있었고, 에스더가 편하게 느낄 만한 에스더가 쓰던 매트리스와 담요가 있었다. 에스더는 차가 움직이는 동안 내내 매트리스 위에 서 있었다. 앉거나 눕지 않았다. 가끔 꿀꿀거리고, 돌아서기도 하고 서성거리기도 하면서 꼬박 서 있었다. 나도 에스더와 같은 감정을 느껴 보려고 함께 서 있었다. 이동 시간은 40분 정도 걸렸다. 집을 한 번도 떠나 본 적이 없는 0.3톤짜리 돼지에게 40분은 꽤 긴 여행이다.

의외로 문제는 데릭이었다. 데릭이 꽤 스트레스를 받은 것 같았다.

"데릭, 괜찮아? 우리 잘 할 수 있어. 감당하기 힘들 게 뻔하지만 새로운 인생이 펼쳐지는 거잖아. 사람들에게 영향을 주고, 많은 동물을 도울 수 있을 거야."

"아, 정말 믿기 힘들다. 이거 우리가 저지른 일 맞지?"

우리가 저지른 게 확실하다. 잊기라도 할라치면, 울퉁불퉁한 길을 달리는 트레일러의 쿵쾅거림이 현실을 상기시켜 주었다. 트레일러에는 작은 구멍이 있어서 밖을 내다볼 수 있었다. 그 작은 구멍이 없었다면 우리는 어디로 가고 있는지 전혀 알 수 없었을 것이다. 나는 이동하는 동안 그 구멍으로 밖을 내다보면서 목적지로 제대로 가고 있는지 계속 확인했다.

동물보호소의 시작

이동하는 동안, 에스더는 얌전했다. 농장 진입로로 들어서자 바로 몸을 돌려 쪼그리고 앉더니 트레일러 안에 오줌을 쌌다. 내내 참다가 도착해서야 오줌을 내보내다니 에스더는 99퍼센트 완벽했다. 만약에 누군가가 갑자기 나를 예상하지 못한 여행에 합류시켜 마구 달렸다면 나는 에스더만큼 오줌을 참을 수도, 완벽하지도 못했을 것이다.

트레일러가 농장 진입로에 들어섰을 때, 포장도로가 아니라 타르와 자갈이 깔린 바닥의 느낌이 진동으로 느껴져서 나는 도착했음을 확실히 알 수 있었다. 에스더도 알았던 것일까? 그래서 그때 오줌을 쌌던 것일까? 트레일러는 속도를 줄이면서 농장으로 진입했다. 삼나무 옆을 지나 다리를 건넜다. 많은 나무를 지나치자 집과 헛간이 있는 공터가 보였다. 모퉁이를 돌아 공터에 들어서자 헛간 쪽에 서 있는 사람들이 보였다. 마침내 농장에 도착했다.

구멍 사이로 모여 있는 사람들이 보였다. 누군가 사람들에게 에스더가 놀라지 않게 조용히 해달라고 말하는 소리가 들렸다. 우리도 에스더가 겁을 먹지 않도록 그곳에 멈추지 않고 헛간을 지나쳐 울타리를 쳐놓은 목초지로 곧장 들어갔다.

이제 트레일러의 문만 열면 에스더에게 진짜 초원을 보여 줄 수 있게 되었다. 에스더가 멋진 전원을 즐기며 진짜로 파헤치면서 놀 수 있는 장소 말이다. 심장이 벅차올랐다.

마침내 문이 열리고 모든 사람들의 눈이 에스더에게로 향했다. 그런데 에스더는 그저 얼어붙은 듯 가만히 서 있었다. 뭘 어떻게 해야 할지 모르는 눈치였다. 그때 먼저 도착해 있던 셸비가 우리를 보더니 잔뜩 흥분해서 달려왔다. 꼬리와 온몸을 흔들며 반기는 셸비를 보더니 그제야 에스더도 빠른 걸음으로 트레일러 밖으로 나왔다. 사람들도 기쁜 마음으로 에스더를 지켜보았다. 굉장히 벅찬 장면인데 글로 제대로 표현을 할 수 없어 속상하다.

우리는 잠시 에스더 혼자 목초지를 탐색하게 내버려둔 후 에스더를 따라 헛간과 목초지를 거닐었다. 에스더는 시간을 두고 찬찬히 살펴보았다. 모인 사람들은 에스더와 산책하는 우리를 뒤에서 지켜보았다. 에스더가 새로운 장소를 받아들이고, 넓은 초원을 탐색하면서 개들과 함께 산책하는 것을 지켜보는 것만으로도 벅찼다. 에스더와 셸비, 루벤에게 쫙 펼쳐진 초원을 가로지르며 산책할 수 있게 해 주겠다고 말했는데, 실제로 눈앞에서 벌어지고 있었다. 더할 나위 없이 행복한 공간에 에스더가 있다니 정말 멋졌다. 초원은 제대로 관리하지 않아서 허리 높이까지 자란 풀들이 오전에 내린 비에 젖어 있었고, 우리 옷도 젖었지만 누구도 개의치 않았다. 에스더가 광활한 새로운 공간을 탐색하는 동안 우리는 꼬박 한 시간을 함께 걷고 달렸다.

그러고 난 후 마침내 헛간으로 향했다. 인디고고 사이트에서 펀딩에 참여했던 후원자들과 지인들에게 인사를 했다. 우리는 에스더를 트레일러에 태울 때 이미 엄청 울었기 때문에 더 이상 울지 않을 거라고 생각했다. 데릭이 아침에 집까지 찾아와서 우리를 도와준 분들을 향해 고맙다는 인사로 입을 열었는데 시작하자마자 울음을 터뜨리는 바람에 마무리를 지을 수가 없었다.

하지만 우리는 곧 평온해졌다. 일단 농장에 도착하고 나니 감정적인 상태가 이성적인 상태로 조금씩 전환되었다. 여전히 조금 놀랍고 멍했지만, 에스더를 사고 없이 무사히 농장으로 데려왔고, 무엇보다 에스더가 안전했기 때문에 마음이 편했다.

조지타운에 살 때도 에스더는 집 안에서만 지냈기 때문에 안전했지만, 이제는 진짜 안전하다. 더 이상 허락되지 않은 공간에서 불법으로 사는 것이 아니니까. 이젠 에스더를 숨기지 않아도 된다. 발각되면 어찌될지, 혹시 에스더를 뺏기는 것이 아닌지 더 이상 전전긍긍하지 않아도 된다. 여기는 에스더의 집이고, 에스더는 자유롭고 행복하게 그리고 당당하게 돌아다닐 수 있다. 마음이 놓였다. 어마어마한 부담감을 내려놓을 수 있었다. 에스더는 자기가 식품 공장으로부터 도망친 난민이고 수년 동안 몸을 숨긴 채 살고 있는 도망자와 다름없다는 것을 몰랐지만, 왠지 우리 눈에도 에스더가 생애 처음으로 진정 자유롭다는 것이 무엇인지 느끼는 것처럼 보였다. 돼지는 영리하니까. 그리고 에스더는 그 어떤 돼지보다 영리하니까.

사람들이 떠나자, 데릭은 조지타운으로 남아 있는 짐을 가지러 갔고, 나는 동물 대표단인 에스더와 셸비, 루벤, 델로리스, 피니건과 함께 농장에 남아서 집을 정리하기 시작했다. 데릭이 돌아오자 우리는 와인을 마시고 개들과 산책을 했다. 에스더는 곯아떨어져서 우리와 함께 새로운 환경을 경외의 눈으로 둘러보는 시간을 가지지 못했다.

물론 모든 근심과 걱정이 사라진 것은 아니다. 우리는 많은 것을 이루었지만 앞으로 해야 할 일이 많이 남아 있었다. 한 장이 끝나고 완전히 다른 새로운 장이 시작된 것이다. 동물보호소의 시작. 앞으로 무슨 일이 일어날지 아무도 모른다. 동물보호소는 우리가 한 번도 경험해 본 적이 없는 특별한 일이다. 동물보호소의 성공을 위해 어떻게 해야 할까?

농장을 갖는 게 가장 쉬운 일이었다는 걸 깨닫게 되었다. 이제 진짜 해야 하는 일이 남았다. 그것이 우리의 새로운 삶이다. 돼지는 사람들에게 식료품점에서 찍히는 바코드 이상으로 여겨지지 않는 동물이지만 우리에게는 놀랍고 멋진 일을 선사한 선물이었다. 작은 아기돼지를 받아들인 것이 우리 삶을 이토록 송두리째 바꾸어 놓다니. 더 중요한 것은 그 작은 돼지가 앞으로 아주 많은 사람들의 삶도 바꾸어 놓을 것이다.

이제 에스더는 오래오래 행복하게 살 것이다. 에스더가 우리 덕분에 행복한지는 자신이 없다. 하지만 에스더가 알려 준 '따뜻함은 전염된다kindness is contagious'라는 삶의 태도 덕분에 우리의 삶 전체가 바뀐 것은 확실하다.

이 모든 것이 돼지 한 마리와 그 돼지의 미소에 우리가 사랑에 빠져서 일어난 일이다.

수많은 에스더를 위해

이사 완료는 마지막 단계가 아니라 시작일 뿐이다. 농장을 갖게 된 것은 '에스더에게 주어진 임무'가 이제 막 시작되었다는 뜻이다. 에스더가 우리의 삶을 바꾼 것은 명백하다. 에스더의 가르침 덕분에 지금의 우리가 있다. 에스더는 아무 조건 없이 사랑하는 것이 어떤 것인지 보여 주었다.

폴 파머Paul Farmer(건강의 동반자Partners In Health의 공동설립자이자 하버드 의과대학 국제보건 및 사회의학부 교수로 20년 넘게 가난하고 병든 사람을 돕고 있다) 박사의 말이 맞다. "어떤 생명은 덜 중요하다는 생각, 이것이 모든 악의 근원이다." 에스더는 우리가 이 문장 속에서 진실을 찾을 수 있도록 도와주었다.

이제 우리 차례이다. 또 다른 에스더를 위해 세상을 바꾸려고 애써야 한다.

이사를 마치고 나서야 데릭과 나는 비로소 우리를 위한 시간을 며칠 가질 수 있었다. 평온하고 로맨틱한 시간과는 거리가 멀었다. "우리가 해냈어!"라며 투지를 불태운 시간들이었다. 그리고 오랜만에 TV를 틀어놓고 편안하게 앉아서 스마트폰에 얼굴을 묻고 시간을 보냈다.

에스더와 함께 농장 산책을 하면서 지난 10개월 동안 우리에게 일어난 놀라운 일들과 앞으로 우리에게 어떤 미래가 펼쳐질지에 대해 꿈꾸듯 이야기했다. 산책을 하면서도 이 농장이 에스더와 우리의 농장이라는 게 믿기지 않았다.

이사를 마치자마자 대화는 이내 "이제 무엇을 할까?"로 바뀌었다. 어서 빨리 다음 단계로 나아가고 싶었다.

우리는 낯선 사람이 베푸는 호의를 믿지 못하고 살아왔다. 그러면서도 매일 기적을 바랐다. 수많은 에스더를 그저 스쳐 지나갔다. 결국 에스더가 우리를 찾아냈고, 에스더 덕분에 우리의 소명을 찾을 수 있었다.

나는 늘 최선을 다한다고 생각한다. 하지만 최선을 다한다는 것이 과연 뭘까? 나는 누구를 위해서 최선을 다했던가? 몇 발 물러서서 보니 세상에는 내가 모르는 많은 세상이 있었다. 에스더가 우리에게 한 발 물러서서 볼 수 있도록 해 주었다. 나와 데릭은 꽤 잘 살고 있다고 생각했지만 그것이 정말로 괜찮은 것이었을까? 에스더가 우리를 눈

뜨게 했고, 새로운 임무를 주었다. 에스더가 우리에게 가르쳐 준 것, 더 많은 존재에게 더 따뜻한 마음을 가져야 한다는 것을 세상에 알려야 한다. 우리 이야기는 많은 사람들이 불가능하다고 말하는 일이더라도 자신을 믿고 진심을 다한다면 놀라운 일이 일어날 수 있음을 보여 주는 본보기가 될 것이다.

우리는 매 순간 자신을 믿지 못했고, 벼랑 끝에 놓인 것처럼 기겁했다가 벼랑 끝에 있는 서로를 잡아당겨서 구하는 일을 반복했다. 데릭과 나로서는 처음 겪는 일이었고, 백만 년이 걸려도 할 수 없을 것 같은 일이었다.

우리는 '에스더 인증' 생활방식대로 살고 있지 않았고, 그렇게 살 수 없다고 생각했다. 그런데 지금 그렇게 살고 있다. 우리는 300킬로그램짜리 돼지를 집에서 키울 수 있을 거라고 생각하지 않았다. 그런데 그렇게 되었다. 보호소로 만들 농장을 살 수 있을 거라고, 전 세계의 사람 수천 명이 우리를 도울 거라고도 생각하지 못했다. 그런데 그렇게 되었다. 따뜻함은 마술과 같다. 에스더의 웃음이 세상을 바꿀 수 있다는 것을 증명했다.

농장에서의 생활은 그 전과 분명히 다르다. 도시에서만 살던 사람들에게 농장의 밤은 정말 깜깜하다. 그리고 나는 어둠을 무서워한다. 그래서 농장 생활을 한 지 9개월이 지났는데도 밤이면 100미터 달리기를 하는 우사인 볼트처럼 자동차에서 집까지 전력 질주한다. 나도 내가 그렇게 빨리 달릴 수 있는 줄 몰랐다.

그리고 만우절에 아기돼지가 태어나는 기적도 벌어졌다. 에스더가 새끼를 낳은 것은 아니다. 에스더는 엄마가 어울리지 않는 영원한 꼬마 아가씨이다. 우리가 임신한 돼지를 구조한 것이다. 엄마 돼지는 사랑스러운 아기돼지 다섯 마리를 낳았고, 그 과정은 어마어마했다. 만우절에 거짓말처럼 새끼를 낳다니. 엄마 돼지의 유머감각을 잘 보여 주었다.

엄마 돼지에게 에이프릴이라는 이름을 지어 주었고, 에이프릴은 예쁜 아기돼지 다섯 마리와 함께 농장에서 살고 있다. 이 모든 것은 1년 전만 해도 터무니없는 꿈이었다. 나는 이 모든 것이 현실이 되었다는 것을 확인하기 위해 매일 볼을 살짝 꼬집어 본다.

이 글을 쓰는 지금 농장에는 33마리의 동물이 살고 있다. 토끼 6마리, 염소 6마리, 양 2마리, 돼지 10마리(에스더 제외), 말 1마리, 당나귀 1마리, 소 3마리, 닭 3마리, 공작 1마리. 여기에 이전부터 우리와 살았던 사랑스러운 반려동물, 에스더, 루벤, 셸비, 델로리스와 피니건까지. 거의 매일 새로운 동물을 받아달라는 요청이 오니 이 책이 나올 때쯤에는 더 많은 동물이 농장에 살고 있을 것이다. 우리는 우리 농장에 더 많은 입주자가 오기를 기대하고 있다. 누가 오든 이 농장에서 에스더와 함께 오래오래 행복하게 살 것이다.

초보자도 뚝딱 만드는 채식 레시피
에스더의 부엌

캐슈너트 사워 크림을 곁들인 검정콩 타코

재료 : 검정콩 캔의 내용물을 꺼내 잘 헹궈서 물을 뺀 것 370그램, 살사 2컵(살사는 판매하는 것을 구입한다. 물론 직접 만들어도 된다), 부드러운 토르티야 8장(옥수수, 밀 둘 다 가능), 잘게 썬 아보카도 2개, 다진 토마토 2개, 8조각으로 자른 라임 1개, 다진 고수 한 줌.

| 타코 만드는 방법 |

❶ 냄비에 검정콩과 살사 반 컵을 넣고 중약불에서 따뜻하게 데운다.

❷ 토르티야는 포장지에 적힌 설명대로 데운다.

❸ 따뜻하게 데운 토르티야에 ❶과 아보카도, 살사, 토마토를 한 숟가락 수북이 올린다. 그 위에 라임 조각을 짜서 즙을 뿌린다. 마지막으로 캐슈너트 사워 크림 한 덩어리와 고수를 곁들인다.

| 캐슈너트 사워 크림 만드는 방법 |

재료 : 캐슈너트 1컵, 물 1/2컵, 레몬 반쪽을 짠 레몬즙, 사과 식초 1/2작은술.

❶ 캐슈너트를 물에 넣고 4시간 동안 불린다.

❷ 불린 캐슈너트를 헹궈 물기를 뺀 다음 블렌더에 넣고, 물, 레몬즙, 사과 식초를 넣고 함께 간다.

캐슈너트 치즈

재료 : 생 캐슈너트 1컵, 영양 이스트 1/4컵, 소금 1 작은술, 양파 가루 1작은술, 물 1컵, 한천 가루 1작은술, 허브 딜dill 다진 것 1/4컵, 식물성 오일 약간.

| 만드는 방법 |

❶ 6개짜리 머핀 틀에 식물성 오일을 얇게 바른다.

❷ 캐슈너트, 영양 이스트, 소금, 양파 가루를 블렌더에 넣고 곱게 간다(버터처럼 너무 부드 럽게 되면 안 되니 조심!).

❸ 냄비에 물을 끓이다가 한천 가루를 넣은 다음 거품기로 잘 젓는다. 불을 줄여서 5분 동안 계속 젓는다.

❹ ❷의 곱게 간 캐슈너트 혼합물을 ❸에 부어서 골고루 잘 섞는다.

❺ 딜 다진 것을 섞어 주면 반죽이 완성된다.

❻ 준비해 둔 머핀 틀에 완성한 반죽을 담은 다음 냉장고에 한 시간 정도 넣었다가 꺼내 면 근사한 치즈가 된다.

TIP 딜과 양파 가루 대신 각자 좋아하는 허브와 양념을 넣어도 된다. 마트에서 쉽 게 구할 수 있는 타코 믹스를 넣어도 맛있다. 냉장고에 넣지 않고 따뜻하게 데워서 나초와 곁들여도 아주 맛있다. 개인적으로 가장 좋아한다.

기분 좋은 휴일의 간단식

재료(4~5인분) : 식물성 버터나 식물성 오일 3큰술, 다진 양파 1개, 얇게 썬 피망 1개, 얇게 썬 버섯 10개, 다진 샐러리 4줄기, 다진 마늘 두 쪽, 깍둑썰기 한 호밀빵 또는 글루텐 프리 식빵 1/2덩어리, 채수 1컵, 간장 3큰술, 잡냄새 잡아 주는 허브 양념poultry seasoning 1½작은술, 후추 약간.

| 만드는 방법 |

❶ 커다란 프라이팬을 중불로 예열한 뒤, 식물성 버터나 식물성 오일을 두른 후 다진 양 파를 넣고 양파가 투명해질 때까지 볶는다.

❷ 여기에 피망, 버섯, 샐러리, 마늘을 넣고 몇 분 동안 볶는다.

❸ ❷에 깍둑썰기를 해놓은 빵, 채수, 간장, 허브 양념, 후추를 섞는다.

❹ 빵에 물기가 스며들 때까지 볶는다.

❺ 불을 끄고, 뚜껑을 덮어 두면 먹기 전까지 촉촉한 상태를 유지할 수 있다.

토마토 렌틸콩 커리 수프

재료(4인분) : 채수 4컵, 물 2컵, 다진 양파 1개, 다진 마늘 2쪽, 껍질 벗기고 씨 제거해서 깍둑썰기한 겨울호박 1개, 150그램짜리 토마토 페이스트 캔 1개, 깍둑썰기한 고구마 1개 , 다진 당근 3개, 붉은 렌틸콩 1½컵, 커리 가루 1큰술(향신료를 좋아하면 더 넣어도 된다).

| 만드는 방법 |

❶ 채수 또는 물 1/4컵을 냄비에 붓고, 중불로 끓이다가 다진 양파와 다진 마늘을 넣는다.
❷ 5분 동안 끓인다.
❸ 나머지 채수와 물을 붓고 재료를 모두 넣은 후 30분 동안 끓인다.

훈제 두부 랩 샌드위치

재료(랩 1개 분량) : 간장 1/2큰술, 얇게 저민 훈제 두부 1/4모, 비건용 마요네즈 1큰술, 후추 약간, 토르티야 1장, 상추 한 줌, 얇게 썬 토마토 1/2개.
*훈제 두부를 구하기 어려우면 일반 두부로 대체해도 된다.

| 만드는 방법 |

❶ 팬에 간장과 훈제 두부를 넣고 두부에 간장이 배도록 몇 분 동안 중불에서 살살 끓인다.
❷ 토르티야 위에 비건용 마요네즈를 바르고, 상추와 토마토, ❶의 두부를 올린 다음 돌돌 만다.

바닐라맛 캐슈너트 우유

재료(4컵 반 분량) : 캐슈너트 1컵, 물 5컵, 씨를 제거한 대추 3개, 바닐라 농축액 1작은술.

| 만드는 방법 |

❶ 캐슈너트를 물에 담가 4시간 동안 불린다.
❷ 불린 캐슈너트를 건져 잘 헹구고 물기를 뺀다.
❸ 캐슈너트와 모든 재료를 블렌더에 넣고 1분 동안 간다. 우유처럼 마시면 되는데 일주일 안에 다 먹는 것이 좋다.

아몬드 초콜릿 막대 아이스크림

아이스크림 재료 : 코코넛 밀크 370그램, 메이플 시럽 4큰술, 바닐라 농축액 1작은술.
초콜릿 코팅 재료 : 메이플 시럽 2½큰술, 코코넛 오일 2½큰술, 생 코코아 2½큰술, 곱게
다진 아몬드(또는 피칸) 1/4컵, 소금 약간.

| 만드는 방법 |

❶ 코코넛 밀크 캔을 따지 않은 상태로 냉장고에 3시간 이상 넣어 둔다. 하룻밤 넣어 두
   어도 된다. 그러면 캔 윗면이 볼록해진다.

❷ 충분히 차가워지면 캔을 따서 윗부분의 굳은 코코넛 크림을 덜어 낸다(아래쪽에 있는 액
   체 상태의 코코넛 밀크는 다른 용도로 쓸 수 있으니 잘 보관한다).

❸ ❷의 코코넛 크림, 메이플 시럽, 바닐라 농축액을 블렌더에 넣고 부드러워질 때까지
   간다.

❹ 아이스바 만드는 틀에 ❸을 붓고 막대를 꽂은 후 냉동실에서 2시간 이상 얼린다.

❺ 아이스바가 딱딱하게 얼 때쯤 메이플 시럽, 코코넛 오일, 생 코코아, 아몬드, 소금 약
   간을 냄비에 넣고, 코코넛 오일이 녹을 때까지 잘 저어 준다. 골고루 잘 섞였으면 불
   을 끄고 약 20분간 식힌다.

❻ 아이스바를 틀에서 꺼낸 다음 ❺의 초콜릿을 바른다. 잼 나이프를 이용하면 편리하다.

❼ 유산지 위에 초콜릿을 바른 아이스바를 올려놓고 초콜릿이 단단해질 때까지 냉동실
   에 20분간 넣어 둔다.

거북이 초콜릿

재료(거북이 30개 분량) : 씨를 발라낸 신선한 대추야자 12개, 바닐라 농축액 1큰술, 피칸 1컵,
비건용 초콜릿 3/4컵.

| 만드는 방법 |

❶ 대추야자와 바닐라 농축액을 그릇에 담고 손으로 잘 섞는다. 대추야자가 부드러워질
   때까지 섞는다.

❷ 한 입에 먹기 좋은 크기로 경단을 만든 다음 살짝 눌러 준다. 모두 30개를 만든다.

❸ 피칸 2개를 세로로 길게 이등분해서 4개의 조각으로 만든 후 만들어 놓은 경단에 다
   리처럼 꽂는다.

❹ 피칸을 가로로 이등분해서 머리 위치에 꽂는다. 둥근 부분이 머리처럼 보이게 꽂으면 된다.

❺ 중탕으로 비건용 초콜릿을 녹인다.

❻ 초콜릿 녹은 것을 손가락으로 찍어서 피칸 다리와 머리를 꽂은 곳에 바른다. 잘 고정되도록 해 주는 작업이다.

❼ 쟁반에 유산지를 깔고 다리와 머리를 고정시킨 거북이를 놓은 후 거북이 등이 덮이도록 초콜릿을 골고루 바른다.

❽ 모든 경단을 초콜릿 거북이로 만든 후 냉장고에 넣어서 굳힌다.

초콜릿 피넛버터 파이

재료 : 피넛버터 1/2컵, 통밀 크래커로 만든 파이 크러스트 1개, 비건용 초콜릿 칩 1컵, 물을 뺀 순두부 425~567그램, 설탕 1/2컵, 소금 1/4작은술, 바닐라 농축액 1작은술.

| 만드는 방법 |

❶ 오븐을 177℃로 예열한다.

❷ 통밀 크래커로 만든 파이 크러스트에 피넛버터를 바른다.

❸ 소스용 냄비에 초콜릿 칩을 넣고 약한 불에서 녹인다.

❹ 녹인 초콜릿과 순두부, 설탕, 소금, 바닐라 농축액을 블렌더에 넣고 부드러워질 때까지 간다.

❺ ❷에 ❹를 붓고, 오븐에서 40분 동안 굽는다.

❻ 오븐에서 꺼내 식힌 다음 냉장고에 한 시간 정도 넣어둔다. 차가운 상태로 먹어야 맛있으니 냉동해서 먹어도 좋다.

에스더도 좋아하는 체리 치즈케이크

재료 : 순두부 255그램, 두부 크림치즈 225그램, 설탕 3/4컵, 레몬 1/2개 즙 낸 것, 바닐라 농축액 1작은술, 통밀 크래커로 만든 파이 크러스트 1개, 체리 파이 필링(파이 위에 올라가는 내용물) 280그램.

| 만드는 방법 |

❶ 오븐을 177℃로 예열한다.

❷ 순두부, 두부 크림치즈, 설탕, 레몬즙, 바닐라 농축액을 블렌더에 넣고 부드러워질 때까지 간다.

❸ ❷를 파이 크러스트에 부어서 고르게 편 다음 오븐에서 40~45분간 굽는다.

❹ 표면이 단단해지는 것처럼 보이고 파이용 크러스트가 갈색을 띠면 오븐에서 꺼내 식힌 다음 냉장고에 넣어 둔다.

❺ 차가워지면 꺼내서 체리 파이 필링을 얹는다.

타히니 참깨 소스 초콜릿 칩 쿠키

재료 : 치아chia씨 또는 아마씨 간 것 1큰술, 물 3큰술(치아씨 또는 아마씨 달걀용), 오트밀 가루 1⅛컵, 베이킹 소다 1/2작은술, 소금 1/2작은술, 타히니 1/2컵, 바닐라 농축액 1/2작은술, 설탕 1/2컵, 비건용 초콜릿 칩 1/2컵, 구운 코코넛 1/2컵, 물 1~2큰술(도우 반죽용).

| 만드는 방법 |

❶ 오븐을 177℃로 예열한다.

❷ 치아씨 또는 아마씨 달걀을 만든다. 치아씨 또는 아마씨 1큰술에 물 3큰술을 넣고 잘 섞은 다음 젤리 상태가 될 때까지 10분 동안 두면 달걀 완성!

❸ 그릇에 오트밀 가루, 베이킹 소다, 소금을 넣고 잘 섞는다.

❹ ❷의 달걀을 ❸에 넣고 잘 섞는다. 손으로 섞어 주면 빠르게 잘 섞인다.

❺ ❹에 초콜릿 칩과 구운 코코넛을 넣고 잘 섞는다. 물기가 마른 것처럼 보이면 물을 1~2큰술 정도 넣어서 골고루 잘 섞는다. 도우 반죽 완성.

❻ 도우를 원하는 모양으로 만든다.

❼ 유산지를 깐 베이킹 판에 올려놓고 오븐에 넣어 12~14분간 굽는다.

자기만의 에스더를 만나기를

2001년으로 기억한다. 어느 일요일, 명동 거리를 걷다가 한 동물보호단체의 동물실험 반대 캠페인 현장을 지나치게 되었다. 그리고 불행하게도 동물들의 사진을 보게 되었다. 그중에는 우리 고양이와 똑닮은 고양이 사진도 있었다. 정면을 응시한 그 아이의 눈은 마치 나를 보는 것 같았다. 나는 혼비백산 그 자리를 떴지만, 그날 이후 말 그대로 악몽 같은 시간을 보내야 했다.

밥을 먹다가도, 샤워를 하다가도, 자려고 누워 있다가도 우리 아이를 닮은 사진 속 고양이의 얼굴이 생생하게 떠올라 눈물을 뚝뚝 흘리다가 결국 꺽꺽 소리 내어 우는 날을 보낸 것이다. '가슴이 아프다'는 것이 무엇인지 생생하게 경험했다. 동물보호단체에 후원하는 것과는 별개로 고통받는 동물을 위해 아무것도 할 수 없다는 무력감이 나를 점점 더 짓눌렀다. 너무 아프고 괴로웠다. 이대로는 살 수 없겠다는 생각이 들었다. 무슨 일이라도 해야 살 수 있을 것 같았다. 그때 떠오른 것이 채식이다.

동물보호단체에 후원금을 보내는 것이 동물을 위한 행동이었다면, 채식은 어쩌면 나를 위한 행동이었다. 채식을 한다고 해서 당장 동물을 구할 수 있는 것은 아니니 말이다. 고통받는 동물을 위해 나도 무언가를 한다는 사실에 위로를 받은 것 같다.

사람들이 어떻게 채식을 시작하게 되었냐고 물어보면 '그냥 동물을 사랑해서'라고 대답하곤 한다. 내가 생각해도 실험실 동물과 채식은 직접적인 관련이 없어 보이고, 그렇다고 구구절절 설명하자니 그것도 여의치 않았기 때문이다. 그렇게 시작한 채식이 오늘까지 이어졌다.

그날 보았던 사진 중에 우리 고양이와 닮은 아이의 사진이 없었다면 나는 덜 힘들었을까? 덜 힘들었다면 채식을 시작하지 않았을까? 누구도 알 수 없는 일이다. 하지만 그날 그 시간에 나는 그 장소에서 그 사진을 보았고, 집에는 사랑하는 고양이들이 있었다.

스티브의 이야기를 읽으며 나와 많이 비슷하다고 생각했다. 어릴 때부터 동물이라면 사족을 못쓰는 것하며 동거인 몰래 에스더를 데려온 것하며. (그렇다. 나도 우리 고양이들을 배우자와 상의하지 않고 집으로 데리고 왔다.) 그리고 결국 사랑하는 반려동물 때문에 채식을 선택하게 된 것까지 말이다.

스티브도 그렇고 나도 그렇고 채식을 시작하기 전에 채식에 대해서 지나치듯 관심을 가진 적이 있었을 것이다. 그러나 결정적인 계기가 없었기 때문에 자신의 일로 여기지 않았다. 그런 사람들에게는 결국 결정적 한방이 찾아오는 것 같다. 나의 고양이, 스티브와 데릭의 에스더처럼.

반려동물을 애지중지 키우는 사람들을 보며 흔히들 좋은 일 한다, 복 받을 거다, 라고 말하곤 한다. 하지만 반려동물을 키우는 사람들은 안다. 복을 받은 건 오히려 자신이라는 것을. 반려동물로 인해 보이지 않던 것이 보이고, 느끼지 못하던 것을 느끼며, 나를 둘러싼 세상이 점점 넓어지는 것이야말로 진정 복 받은 일이라고 생각한다. (반려묘 덕분에 번역이라는 어마어마한 일을 하게 된 사람이 여기 있다!) 동물과 사람 사이라고 해도 일방적인 관계란 없다. 서로에게 좋은 변화를 주고, 그렇게 서로 커 나가는 것이다.

많은 사람들이 자기만의 에스더를 만나 서로를 변화시키고, 서로에게 복을 주고받는 근사한 경험을 하길 바란다.

묻다
(환경정의 올해의 환경책)

사진작가가 기록한 전염병에 의한 동물 살처분 매몰지에 대한 2년간의 기록. 2000년 이후 가축 전염병으로 살처분 당한 동물 1억 마리가 넘는다. 동물의 살처분 방식은 합당한가?

우주식당에서 만나
(한국어린이교육문화연구원 으뜸책)

2010년 볼로냐 어린이도서전에서 올해의 일러스트레이터로 선정되었던 신현아 작가가 반려동물과 함께 사는 이야기를 네 편의 작품으로 묶었다.

동물을 만나고 좋은 사람이 되었다
(한국출판문화산업진흥원의 출판콘텐츠 창작 자금 지원 선정)

개, 고양이와 살게 되면서 반려인은 동물의 눈으로, 약자의 눈으로 세상을 보는 법을 배운다. 동물을 통해서 알게 된 세상 덕분에 조금 불편해 졌지만 더 좋은 사람이 되어 가는 개·고양이에 포섭된 인간의 성장기.

우리 아이가 아파요!
개·고양이 필수 건강 백과

새로운 예방접종 스케줄부터 우리나라 사정에 맞는 나이대별 흔한 질병의 증상·예방·치료·관리법, 나이 든 개, 고양이 돌보기까지 반려동물을 건강하게 키울 수 있는 필수 건강백서.

개·고양이 자연주의 육아백과

세계적 홀리스틱 수의사 피케른의 개와 고양이를 위한 자연주의 육아백과. 40만 부 이상 팔린 베스트셀러로 반려인, 수의사의 필독서. 최상의 식단, 올바른 생활습관, 암, 신장염, 피부병 등 각종 병에 대한 대처법도 자세히 수록되어 있다.

개, 고양이 사료의 진실

미국에서 스테디셀러를 기록하고 있는 책으로 반려동물 사료에 대한 알려지지 않은 진실을 폭로한다. 2007년도 멜라민 사료 파동 취재까지 포함된 최신판이다.

개 피부병의 모든 것

홀리스틱 수의사인 저자는 상업사료의 열악한 영양과 과도한 약물사용을 피부병 증가의 원인으로 꼽는다. 제대로 된 피부병 예방법과 치료법을 제시한다.

개가 행복해지는 긍정교육

개의 심리와 행동학을 바탕으로 한 긍정교육법으로 50만 부 이상 판매된 반려인의 필독서이다. 짖기, 물기, 대소변 가리기, 분리불안 등의 문제를 평화롭게 해결한다.

임신하면 왜 개, 고양이를 버릴까?

임신, 출산으로 반려동물을 버리는 나라는 한국이 유일하다. 세대 간 문화충돌, 무책임한 언론 등 임신, 육아로 반려동물을 버리는 사회현상에 대한 분석과 안전하게 임신, 육아 기간을 보내는 생활법을 소개한다.

펫로스 반려동물의 죽음
(아마존닷컴 올해의 책)

동물 호스피스 활동가 리타 레이놀즈가 들려주는 반려동물의 죽음과 무지개 다리 너머의 이야기. 펫로스(pet loss)란 반려동물을 잃은 반려인의 깊은 슬픔을 말한다.

동물과 이야기하는 여자

SBS 〈TV 동물농장〉에 출연해 화제가 되었던 애니멀 커뮤니케이터 리디아 히비가 20년간 동물들과 나눈 감동의 이야기. 병으로 고통받는 개, 안락사를 원하는 고양이 등과 대화를 통해 문제를 해결한다.

나비가 없는 세상
(어린이도서연구회에서 뽑은 어린이·청소년 책, 한국출판문화산업진흥원 청소년 북토큰 도서)

고양이 만화가 김은희 작가가 그려내는 한국 최고의 고양이 만화. 신디, 페르캉, 추새. 개성 강한 세 마리 고양이와 만화가의 달콤쌉싸래한 동거 이야기.

개.똥.승. (세종도서 문학 부문)

어린이집의 교사이면서 백구 세 마리와 사는 스님이 지구에서 다른 생명체와 더불어 좋은 삶을 사는 방법, 모든 생명이 똑같이 소중하다는 진리를 유쾌하게 들려준다.

노견 만세

퓰리처상을 수상한 글 작가와 사진 작가의 사진 에세이. 저마다 생애 최고의 마지막 나날을 보내는 노견들에게 보내는 찬사.

강아지 천국

반려견과 이별한 이들을 위한 그림책. 들판을 뛰놀다가 맛있는 것을 먹고 잠들 수 있는 곳에서 행복하게 지내다가 천국의 문 앞에서 사람 가족이 오기를 기다리는 무지개 다리 너머 반려견의 이야기.

고양이 천국
(어린이도서연구회에서 뽑은 어린이·청소년 책)

고양이와 이별한 이들을 위한 그림책. 실컷 놀고 먹고, 자고 싶은 곳에서 잘 수 있는 곳. 그러다가 함께 살던 가족이 그리울 때면 잠시 다녀가는 고양이 천국의 모습을 그려냈다.

고양이는 언제나 고양이였다

고양이를 사랑하는 나라 터키의, 고양이를 사랑하는 글 작가와 그림 작가가, 고양이에게 보내는 러브레터. 고양이를 통해서 세상을 보는 사람들을 위한 아름다운 고양이 그림책이다.

고양이 그림일기
(한국출판문화산업진흥원 이달의 읽을 만한 책, 학교도서관저널 추천도서)

장군이와 흰둥이, 두 고양이와 그림 그리는 한 인간의 일 년 치 그림일기. 종이 다른 개체가 서로의 삶의 방법을 존중하며 사는 잔잔하고 소소한 이야기.

고양이 임보일기

《고양이 그림일기》의 이새벽 작가가 새끼 고양이 다섯 마리를 구조해서 입양 보내기까지의 시끌벅적한 임보 이야기를 그림으로 그려냈다.

깃털, 떠난 고양이에게 쓰는 편지

프랑스 작가 클로드 앙스가리가 먼저 떠난 고양이에게 보내는 편지. 한 마리 고양이의 삶과 죽음, 상실과 부재의 고통, 동물의 영혼에 대해서 써 내려간다.

인간과 개, 고양이의 관계심리학

함께 살면 개, 고양이와 반려인은 닮을까? 동물학대는 인간학대로 이어질까? 248가지 심리실험을 통해 알아보는 인간과 동물이 서로에게 미치는 영향에 관한 심리 해설서.

사향고양이의 눈물을 마시다
(한국출판문화산업진흥원 우수출판콘텐츠 제작지원 선정, 환경부 선정 우수환경도서, 학교도서관저널 추천도서, 국립중앙도서관 사서가 추천하는 휴가철에 읽기 좋은 책, 환경정의 올해의 환경책)

내가 마신 커피 때문에 인도네시아 사향고양이가 고통받는다고? 내 선택이 세계 동물에게 미치는 영향, 동물을 죽이는 것이 아니라 살리는 선택에 대해 알아본다.

유기동물에 관한 슬픈 보고서
(환경부 선정 우수환경도서, 어린이도서연구회에서 뽑은 어린이·청소년 책, 한국간행물윤리위원회 좋은 책, 어린이문화진흥회 좋은 어린이책)

동물보호소에서 안락사를 기다리는 유기견, 유기묘의 모습을 사진으로 담았다. 인간에게 버려져 죽임을 당하는 그들의 모습을 통해 인간이 애써 외면하는 불편한 진실을 고발한다.

후쿠시마에 남겨진 동물들
(미래창조과학부 선정 우수과학도서, 환경부 선정 우수환경도서, 환경정의 청소년 환경책)

2011년 3월 11일, 대지진에 이은 원전 폭발로 사람들이 떠난 일본 후쿠시마. 다큐멘터리 사진작가가 담은 '죽음의 땅'에 남겨진 동물들의 슬픈 기록.

후쿠시마의 고양이
(한국어린이교육문화연구원 으뜸책)

2011년 동일본 대지진 이후 5년. 사람이 사라진 후쿠시마에서 살처분 명령이 내려진 동물을 죽이지 않고 돌보고 있는 사람과 함께 사는 두 고양이의 모습을 담은 평화롭지만 슬픈 사진집.

인간과 동물, 유대와 배신의 탄생
(환경부 선정 우수환경도서, 환경정의 올해의 환경책)
미국 최대의 동물보호단체 휴메인소사이어티 대표가 쓴 21세기 동물해방의 새로운 지침서. 농장동물, 산업화된 반려동물 산업, 실험동물, 야생동물 복원에 대한 허위 등 현대의 모든 동물학대에 대해 다루고 있다.

동물들의 인간 심판
(대한출판문화협회 올해의 청소년 교양도서, 세종도서 교양부문 선정, 환경정의 청소년 환경책, 아침독서 청소년 추천도서, 학교도서관저널 추천도서)
동물을 학대하고, 학살하는 범죄를 저지른 인간이 동물 법정에 선다. 고양이, 돼지, 소 등은 인간의 범죄를 증언하고 개는 인간을 변호한다. 이 기묘한 재판의 결과는?

용산 개 방실이
(어린이도서연구회에서 뽑은 어린이·청소년 책, 평화박물관 평화책)
용산에도 반려견을 키우며 일상을 살아가던 이웃이 살고 있었다. 용산 참사로 갑자기 아빠가 떠난 뒤 24일간 음식을 거부하고 스스로 아빠를 따라간 반려견 방실이 이야기.

치료견 치로리
(어린이문화진흥회 좋은 어린이책)
비 오는 날 쓰레기장에 버려진 잡종개 치로리. 죽음 직전 구조된 치로리는 치료견이 되어 전신마비 환자를 일으키고, 은둔형 외톨이 소년을 치료하는 등 기적을 일으킨다.

버려진 개들의 언덕
(학교도서관저널 추천도서)
인간에 의해 버려져서 동네 언덕에서 살게 된 개들의 이야기. 새끼를 낳아 키우고, 사람들에게 학대를 당하고, 유기견 추격대에 쫓기면서도 치열하게 살아가는 생명들의 2년간의 관찰기.

개에게 인간은 친구일까?
인간에 의해 버려지고 착취당하고 고통받는 우리가 몰랐던 개 이야기. 다양한 방법으로 개를 구조하고 보살피는 사람들의 이야기가 그려진다.

사람을 돕는 개
(한국어린이교육문화연구원 으뜸책, 학교도서관저널 추천도서)
안내견, 청각장애인 도우미견 등 장애인을 돕는 도우미견과 인명구조견, 흰개미탐지견, 검역견 등 사람과 함께 맡은 역할을 해내는 특수견을 만나본다.

채식하는 사자 리틀타이크
(아침독서 추천도서, 교육방송 EBS 〈지식채널e〉 방영)
육식동물인 사자 리틀타이크는 평생 피 냄새와 고기를 거부하고 채식 사자로 살며 개, 고양이, 양 등과 평화롭게 살았다. 종의 본능을 거부한 채식 사자의 9년간의 아름다운 삶의 기록.

햄스터
햄스터를 사랑한 수의사가 쓴 햄스터 행복·건강 교과서. 습성, 건강관리, 건강식단 등 햄스터 돌보기 완벽 가이드.

토끼
토끼를 건강하고 행복하게 오래 키울 수 있도록 돕는 육아 지침서. 습성·식단·행동·감정·놀이·질병 등 모든 것을 담았다.

고통받은 동물들의 평생 안식처 동물보호구역
(환경정의 어린이 환경책, 한국어린이교육문화연구원 으뜸책)
고통받다가 구조되었지만 오갈 데 없었던 야생동물의 평생 보금자리. 저자와 함께 전 세계 동물보호구역을 다니면서 행복하게 살고 있는 동물을 만난다.

똥으로 종이를 만드는 코끼리 아저씨
(환경부 선정 우수환경도서, 한국출판문화산업진흥원 청소년 권장도서, 서울시교육청 어린이도서관 여름방학 권장도서, 한국출판문화산업진흥원 청소년 북토큰 도서)
코끼리 똥으로 만든 재생종이 책. 코끼리 똥으로 종이와 책을 만들면서 사람과 코끼리가 평화롭게 살게 된 이야기를 코끼리 똥 종이에 그려냈다.

야생동물병원 24시
(어린이도서연구회에서 뽑은 어린이·청소년 책, 한국출판문화
산업진흥원 청소년 북토큰 도서)

로드킬 당한 삵, 밀렵꾼의 총에 맞은 독수리, 건
강을 되찾아 자연으로 돌아가는 너구리 등 대한
민국 야생동물이 사람과 부대끼며 살아가는 슬
프고도 아름다운 이야기.

고등학생의 국내 동물원 평가 보고서
(환경부 선정 우수환경도서)

인간이 만든 '도시의 야생동물 서식지' 동물원에
서는 무슨 일이 일어나고 있나? 국내 9개 주요
동물원이 종보전, 동물복지 등 현대 동물원의 역
할을 제대로 하고 있는지 평가했다.

동물원 동물은 행복할까?
(환경부 선정 우수환경도서, 학교도서관저널 추천도서)

동물원 북극곰은 야생에서 필요한 공간보다 100
만 배, 코끼리는 1,000배 작은 공간에 갇혀 있다.
야생동물보호운동 활동가인 저자가 기록한 동물
원에 갇힌 야생동물의 참혹한 삶.

동물은 전쟁에 어떻게 사용되나?
전쟁은 인간만의 고통일까? 자살폭탄 테러범이
된 개 등 고대부터 현대 최첨단 무기까지, 우리가
몰랐던 동물 착취의 역사.

동물 쇼의 웃음 쇼 동물의 눈물
(한국출판문화산업진흥원 청소년 권장도서, 한국출판문화
산업진흥원 청소년 북토큰 도서)

동물 서커스와 전시, TV와 영화 속 동물 연기자,
투우, 투견, 경마 등 동물을 이용해서 돈을 버는
오락산업 속 고통받는 동물의 숨겨진 진실을 밝
힌다.

동물학대의 사회학
(학교도서관저널 추천도서)

동물학대와 인간폭력 사이의 관계를 설명한다.
페미니즘 이론 등 여러 이론적 관점을 소개하면
서 앞으로 동물학대 연구가 나아갈 방향을 제시
한다.

동물주의 선언
현재 가장 영향력 있는 정치철학자가 쓴 인간과
동물이 공존하는 사회로 가기 위한 철학적·실천
적 지침서.

암 전문 수의사는 어떻게 암을 이겼나
수많은 개 고양이를 암에서 구하고 스스로 암에
서 생존한 수의사의 이야기. 인내심이 있는 개와
까칠한 고양이가 암을 이기는 방법, 암 환자가 되
어 얻게 된 교훈을 들려준다.

대단한 돼지
에스더

초판 1쇄 2018년 10월 23일
초판 2쇄 2019년 11월 13일

지은이 스티브 젠킨스, 데릭 월터, 카프리스 크레인
옮긴이 고영이
펴낸이 김보경

펴낸곳 책공장더불어
편 집 김보경
교 정 김수미

디자인 나디하 스튜디오(khj9490@naver.com)
인 쇄 정원문화인쇄

책공장더불어

주 소 서울시 종로구 혜화동 5-23
대표전화 (02)766-8406
팩 스 (02)766-8407
이메일 animalbook@naver.com
블로그 http://blog.naver.com/animalbook
페이스북 www.facebook.com/animalbook4 **인스타그램** www.instagram.com/animalbook.modoo/
출판등록 2004년 8월 26일 제300-2004-143호

ISBN 978-89-97137-32-9 (03840)

* 잘못된 책은 바꾸어 드립니다.
* 값은 뒤표지에 있습니다.